JN318978

司馬遼太郎『街道をゆく』近江散歩

用語解説
詳細地図付き

全文掲載
中高生から
大人まで

朝日新聞出版

司馬遼太郎『街道をゆく』〈用語解説・詳細地図付き〉

近江散歩

目次

装幀　芦澤泰偉
地図　谷口正孝
編集協力　榎本事務所

司馬遼太郎『街道をゆく』〈用語解説・詳細地図付き〉

近江散歩

近江《おうみ》の人

このシリーズは、十四年前[★1]、近江からはじまった。

「もう一度、近江にゆきましょう」

というと、須田画伯[★2]が、小首をかしげた。といって、口に出すほどの異論もないらしく、だまっている。

が、押しきってしまった。私はどうにも近江が好きである。

下り列車が関ケ原[★3]盆地をすぎ、近江の野がひらけてくると、胸の中でシャボン玉が舞いあがってゆくようにうれしくなってしまう。

上り列車の場合もそうである。私は近江からみれば低い淀川河口の沖積《ちゆうせき》平野[★4]のはしに住んでいる。大阪を出た列車が山城《やましろ》[★5]平野に入るだけですでに土地が隆《たか》い。やがて近江平[★6]野を過ぎてゆくとき、豊穣で、たかだかとした台上をゆく気分がある。

『近江散歩』の舞台

★1 『街道をゆく』シリーズは昭和四十六（一九七一）年に近江国（滋賀県）琵琶《びわ》湖の湖西を北上する「湖西《こせい》のみち」から始まった。

★2 須田剋太《すだこくた》。一九〇六年～一九九〇年没。『街道をゆく』の挿絵を長く担当した洋画家。静物や風景などを奔放《ほんぽう》かつ力強いタッチで描く画風が特徴的だった。

★3 岐阜《ぎふ》県南西端に位置する小盆地。「関ケ原の戦い」（慶長五〈一六

こどものころ、図書館に古ぼけた本があって、高天原《たかまがはら》★7は近江であるなどというようなことが書かれていた。いまからおもえばまことに蒙昧な内容の本だったが、その叙述のひとくだりだけはあざやかに記憶している。大阪湾の葦《あし》★8の原のそばで稲をうえていた古代人が、ふと思いたって淀川をさかのぼり、その水源地の近江までくると、土地がひろびろとして、しかも高燥な感じがする。この地こそ高天原である――といったような、いわばアホらしい内容なのだが、しかし卑湿な地にいる者が、川をのぼってやがてたかだかとした野を見たという気分よさは、子供心にも共感できた。その快感が、近江にゆくといまもよみがえってくる。

近江路は春がいい。しかし車窓から見る湖東《ことう》★9平野は、冬こそいい。下り列車が美濃《みの》★10に入り、関ケ原にさしかかると、吹雪にたたかれる。しかし数分後に近江へのかすかな登り勾配《こうばい》にさしかかれば、吹雪が追って来なくなる。北近江に入れば、もう陽が射している。ただし、田の面《も》は見わたすかぎり白い。どの田のあぜにも、榛《はん》★11の冬木がならんでいる。稲掛けにするために田のあぜにうえられた榛の木の風景は越後★12の春日山城★13のふもとの野でも見られるし、むかしは日本の各地でそうだったようにも思われるが、いまは近江特有の水田風景といっていい。ときに榛の木々が、腰を雪にうずめたようにしてならんでいる。しかし列車が野洲《やす》★14の野に三角錐《すい》をなす三上山《みかみやま》が見えるあたりまでくると、うそのように雪がなくなり、鎮守の森などのクスノキの葉がきらきらと陽に光っている。

〇〇〉年）で有名。

★4 流水の堆積《たいせき》作用によって川筋に生じた平野。

★5 京都盆地。北は京都市が占めており、南は大阪平野と奈良盆地に接している。

★6 近江盆地とも。滋賀県のほぼ全域を占め、中央に琵琶湖がある。

★7 日本神話において、八百万《やおよろず》の神々がいるとされる天上の世界。

★8 河川や海岸などで葦が生い茂っているところ。

★9 滋賀県の琵琶湖東部に広がる沖積平野。

★10 現在の岐阜県南部。

★11 カバノキ科の落葉高木。

★12 越後国《えちごのくに》。現在の新潟《にいがた》県。

★13 新潟県上越市の春日山《かすがやま》に築かれた城。越後国の戦国大名上杉《うえすぎ》謙《けん》信《しん》の居城として知られている。

★14 滋賀県中南部にある、野洲川と日野川に挟まれた沖積地。

近江という一カ国のうちに北国と南国がある。

近江の村々の民家のたたずまいも、以前はよかった。いまはほとんど新建材にかわって失望させられるが、かつては、そのまま茶室になりそうな農家もあった。無名の村寺なども、微妙な屋根のスロープが他の地方とちがっていて、なにか決定的な美の規準をもっているようにおもわれた。このことは★15叡山《えいざん》という、日本の木造建築史の正統な建造物の一大密集地帯があったため、村大工の技倆や感覚の筋も他とはちがうのだと思わざるをえなかった。

さらには、近江人の物腰がいい。近江を語る場合、

「近江門徒」

という精神的な土壌をはずして論ずることはできない。門徒寺《でら》の数も多く、どの村も、★16真宗寺院特有の大屋根を聖堂《カテドラル》のようにかこんで、家々の配置をきめている。この地では、むかしから五十戸ぐらいの門徒でりっぱな寺を維持してきたが、寺の作法と、講でのつきあい、さらには真宗の絶対他力の教義が、近江人のことばづかいや物腰を丁寧にしてきた。

日本語には、させて頂きます、というふしぎな語法がある。

この語法は上方《かみがた》から出た。ちかごろは東京弁にも入りこんで、標準語を混乱（?）さ

★15 比叡山の略。天台宗総本山の延《えん》暦寺《りゃくじ》があり、中心となる根本《こんぽん》中堂や大講堂、戒壇《かいだん》院、阿弥陀《あみだ》堂など約百五十もの堂や塔が点在している。

★16 浄土真宗の略。親鸞《しんらん》（66ページ注123参照）によって開かれた浄土教の一派。阿弥陀仏の力によって救われるという絶対他力《たりき》を主張する。

せている。「それでは帰らせて頂きます」。「あすとりに来させて頂きます」。「そういうわけで、御社に受験させて頂きました」。「はい、おかげ様で、元気に暮させて頂いております」。

この語法は、浄土真宗（真宗・門徒・本願寺）の教義上から出たもので、他宗には、思想としても、言いまわしとしても無い。真宗においては、すべて阿弥陀如来★17——他力——によって生かしていただいている。三度の食事も、阿弥陀如来のお蔭でおいしくいただき、家族もろとも息災に過ごさせていただき、ときにはお寺で本山からの説教師の説教を聞かせていただき、途中、用があって帰らせていただき、夜は九時に寝かせていただく。この語法は、絶対他力を想定してしか成立しない。それによって「お蔭」が成立し、「お蔭」という観念があればこそ、「地下鉄で虎ノ門までゆかせて頂きました」などと言う。相手の銭で乗ったわけではない。自分の足と銭で地下鉄に乗ったのに、「頂きました」などというのは、他力への信仰が存在するためである。もっともいまは語法だけになっている。

かつての近江商人のおもしろさは、かれらが同時に近江門徒であったことである。京・大坂や江戸へ出て商いをする場合も、得意先の玄関先でつい門徒語法が出た。

「かしこまりました。それではあすの三時に届けさせて頂きます」

というふうに。この語法は、とくに昭和になってから東京に滲透したように思える。

★17 あみだにょらい＝阿弥陀仏の尊称。浄土宗と浄土真宗の本尊。

阿弥陀如来像

★18 材木の種類や品質が良いこと。

★19 近世初頭の織田《おだ》信長《のぶなが》（53ページ注101参照）と豊臣《とよとみ》秀吉《ひでよし》（27ページ注58参照）の治世。安土桃山時代とも呼ぶ。

★20 一五三四年～一五八四年没。はじめ六角《ろっかく》義賢《よしかた》に、六角氏が織田信長に滅ぼされたのちは信長に仕える。本能寺の変では信長の家族をかくまった。

★21 一五五六年～一五九五年没。蒲

明治文学における東京での舞台の会話には、こういう語法は一例もなさそうである。

私事になるが、四、五年前までは、正月を京都ですごすのが癖になっていた。京都に宿をとって、近江に出かける。中毒のようだった。

十三年前の亥年の正月に、にわかに近江の蒲生《がもう》郡が見たくなった。

地図を見ると、室町以来の都市である日野町がある。予備知識をもたずにその町に入ると、大正時代にまぎれこんだような家並《やなみ》だった。

というより、京の中京区を移したようでもある。どの家も木口《きぐち》★18がよく、街路は閑寂ながら整然としていて、しかもよけいな看板などはなく、品のいい町だった。

日野町は、織豊《しょくほう》★19時代、もっとも知的で武略に富んだ大名として知られた蒲生賢秀《がもうかたひで》★20・氏《うじ》★21郷《さと》の古い城下町であった。蒲生氏は鎌倉時代からの地頭★22だったが、租税徴収だけをする地頭ではなく、歴代、よく百姓を介護した。とくに賢秀・氏郷は商人を保護し、このため氏郷が伊勢★23松坂に移封★24されてからも日野商人たちはあとを慕って松坂に移った。このことが、伊勢における商業をさかんにした。戦国期の近江においては武士から、商人になる者も多く、たとえば三井家★25を興した三井越後守高安《みついえちごのかみたかやす》なども、日野出身ではないが近江で興り、伊勢に移った。やがて松坂木綿をあつかったり酒造業を営み、江戸期、江戸に移って呉服商を営んで大をなした。越後守であったために、家号を三越と称したこと

生賢秀《かたひで》の長男。織田信長に仕え、のちに豊臣秀吉に従う。九州征伐や小田原征伐で戦功をあげ、会津（福島県西部）を中心に陸奥《むつ》（青森・岩手・宮城・福島県、秋田県の一部）、越後（新潟県）四十二万石に国替《くにがえ》となった。

★22 じとう＝荘園や公領の管理、租税の徴収などを行った者。また、その流れから在地領主化した者。

★23 現在の三重県北部。

★24 いほう＝大名などの領地を他に移すこと。国替。

★25 江戸時代の豪商。江戸や京都、大坂にて呉服屋や両替商を営んだ。明治維新の際には政商として発展。以後、一族によって銀行、貿易などあらゆる部門に進出。近代日本を代表する財閥《ざいばつ》となるが、第二次大戦後、ＧＨＱの指令により財閥は解体した。

は、よく知られている。

蒲生郡日野の町を歩いた日は晴れていたが、町をつつんでいる陽の光までがぎらつかず、空に一重《ひとえ》の水の膜でも覆っているように光がしずかだった。

やがて家並のあいだに、大きな鳥居があった。くぐると、境内の結構や社殿がふしぎなほどに品がよかった。境内に林泉があり、ひとめぐりして鳥居を出た。鳥居の前から家並のゆきつくはてをながめてみると、むこうの屋根の上に淡く雪を刷いた岩山のいただきがわずかにのぞいていた。それが奇妙なほど神々しくおもえたのは、私の中にも古代人の感覚がねむっていたからに相違ない。もう一度神社に入りなおして社務所の若い神職にきくと、ああ綿向山《わたむきやま》でございますか、あのお山はこの綿向神社にとって神体山でございます、ということだった。神社は『延喜式《えんぎしき》』★26の古社で、建立はそれ以前であり、社殿がここに造営されたのは白鳳十三（六八五）年であるという。

京都のホテルに帰ると、古い友人が訪ねてくれていた。世の事に疲れきっていて、話し相手をほしがっている風情《ふぜい》だった。二日目に、ふと、近江をお歩きになると、疲れがなおるかもしれませんよ、といってみた。漠然と歩くのも何でしょうから、蒲生郡日野町の綿向神社に行ってみられるといいかもしれません、と言い、いかにも近江通《つう》であるかのように滋賀県地図のその場所に赤いマルをつけて渡したりした。

やがて、友人は近江からもどってきて、意外にも綿向神社の社務所で買ったという小

★26 平安時代中期の法令集。五十巻。このうち巻九・十にあたる「延喜式神名帳《じんみょうちょう》」には全国の神社とその祭神の名が収載され、綿向神社の名も記されている。

さな絵馬をくれた。杉材の絵馬に、イノシシの焼印が捺《お》されていた。

「ご存じなかったんですか」

友人は、いった。

「あのお宮では、十二年に一度、イノシシ年にだけこの絵馬を出すのだそうです。ことしはイノシシ年ですから」

私は干支《えと》に鈍感で、この正月がイノシシ年のはじまりであることも気づかなかった。ましてや綿向神社がイノシシ年の年男のための神社であることも知らなかった。この友人と私は同年で、干支はイノシシなのである。この偶然のかさなりが友人の気分をあかるくし、私まで余慶《よけい》を頂戴した。


そのようにして近江路を歩いていたころ、神崎《かんざき》郡の田園のなかで五個荘《ごかしょう》町という古い集落にまぎれこんだことがある。

この町のうち、もと南五個荘村とよばれた村は、近江におけるいくつかの大商人の輩出地の一つとして知られている。その村の字《あざ》に、金堂《こんどう》★27という集落があるが、私がまぎれこんだのはその集落だった。歩くうちに、この田園のなかで軒をよせあう集落ぜんぶが、舟板塀《ふないたべい》をめぐらし、白壁の土蔵をあちこちに配置して、とほうもなく宏壮な大屋敷ばかりであることに驚かされた。建て方からみて、明治期の屋敷が多いかと見られたが、ど

綿向神社の絵馬

★27 現在の東近江市五個荘金堂町。

の家のつくりも成金趣味がかけらもなく、どれもが★28数寄屋普請《すきやぶしん》の正統をいちぶもはずさず、しかもそれぞれ好もしい個性があった。いうまでもないことだが、金のかけ方に感心したのではない。たがいに他に対してひかえ目で、しかも微妙に瀟洒な建物をたてるというあたり、施主・大工をふくめた近江という地の文化の土壌のふかさに感じ入ったのである。

この金堂の集落を歩くうち、

「外村《とのむら》」

という家を見た。やはり明治の建築かと思えるが、ぬきん出て軽快で、清らかな色気をさえ感じさせた。ふと、女人高野《にょにんこうや》といわれる大和の★29室生寺《むろうじ》をおもいだした。外村家の塀は世間の塀概念にくらべてひどくひくく、石垣もたおやかで、優しさが匂い立っていたが、さらにいえば匂うことさえ遠慮しているというふうだった。ひょっとすると、近江的感覚の代表的な民家ではないかと思ったりしたが、建てられた年代をきこうにも、錠がおり、なかは無人のようだった。

このとき、不意に、この家は当時すでに故人だった作家の★30外村繁《とのむらしげる》（一九〇二〜六一）の生家ではあるまいかと思い、たまたま通りかかった老婦人にきくと、

「そうどうす」

と、語尾をとくにはねあげた近江ふうの京ことばで答えてくれた。外村繁はこの家の

★28 面皮材・皮付き材を用いたり、色付けをほどこしたりした瀟洒《しょうしゃ》な茶室風の建築。

★29 奈良県宇陀《うだ》市にある、真言宗室生寺派の大本山。正式名称は室生山悉地院《しっちいん》。天武十（六八一）年に呪術者の役小角《えんのおづの》が開創し、のちに真言宗の開祖空海《くうかい》が再興したといわれる。

★30 昭和期の小説家。梶井基次郎《かじいもとじろう》らとともに同人雑誌「青空」を創刊する。代表作に『鵜《う》の物語』など。

三男にうまれた。長兄が江戸期以来の本家の外村家を継ぎ、次兄が早世したため、心ならずも相続人になったといわれている。

私は外村繁の作品が、その死後、読まれることがすくなくなっていることをつねづねくち惜しくおもっている。かれはその母から商人になるべく期待されたが、大正十年、三高に入ったとき、梶井《かじい》基次郎《もとじろう》[★31]や中谷孝雄《なかたにたかお》[★32]と知り、文学を志すようになった。しかし母親の望みで、大学は経済学部に入った。このあたりの気の弱さも、外村繁の作品の好ましい音色になっている。卒業後、東京日本橋の外村商店を相続せざるをえなくなり、五カ年、店の運営に悪戦苦闘したあげく、家業を弟にゆずり、創作生活に入った。

最初の長編は『草筏《くさいかだ》』[★33]（昭和十〜十四年発表）で、江戸末期からの商家である外村家がモデルになっている。戦後、おなじ主題のもとに『筏』[★34]『花筏』[★35]を発表したが、それら社会性をもった作品もさることながら、晩年の私小説『落日の光景』[★36]や『澪標《みおつくし》』[★37]が私はすきである。見方によっては浄土真宗の思想的気分がそのまま文学化されたものといえる。むろん経典の引用や教説などはかけらもないが、明治後の代表的な宗教文学の一つではないかと思ったりする。

私は一度、おおぜいの人のなかで、この人を数秒見たことがある。明治のお店者《たなもの》[★38]のように和服の着ながしに角帯を締め、顔は痩せた中高《なかだか》[★39]で、失敬な言いかたをすると、老いた鶏が草の中からいそがしげに歩いてきたという感じだった。物腰も、どはずれてひく

外村繁の生家

★31 一九〇一年〜一九三二年没。大正〜昭和前期の小説家。結核を患い早世する。生前は無名だったが、死後に高く評価された。代表作に『檸檬《れもん》』『城のある町にて』『闇の絵巻』など。

★32 一九〇一年〜一九九五年没。詩

く、すべて作家という印象から遠かった。ふとこの人が、かつてはもっとも筋目正しい近江系のお店《たな》の大旦那だったことを思いだし、鮮やかな人間の景色を見たおもいがした。

もう一つ、記憶がある。その死の一週間前、朝日新聞の夕刊の〝人〟といったような連載企画に、この人が登場した。その談話には、自分が癌《がん》であること、それも末期であることを朗々と語っており、写真にいたっては、病院のベッドの上にすわって、惚れぼれするような笑顔で、口には赤ン坊のようにストローをふくんでいた。大好きなビールを、コップで飲めなくなったために、ストローでのんでいるのである。このときほど、このひとの後期の作品が、浄土真宗にささえられた宗教文学であったことをつよく感じたことはない。

近江については、★40芭蕉《ばしょう》にふれねばならない。

芭蕉は漂泊を一代の目的とおもいさだめつつも、各地で仮住いしている。死の四、五年前から近江へのつよい傾斜がはじまり、★41『奥の細道』の旅をおえたあと、元禄二（一六八九）年、四十六歳の年の暮は、★42膳所《ぜぜ》城下で越年した。

その翌年、いったん故郷の★43伊賀に帰ったものの、春にはふたたび近江に出てきて、琵琶湖の南岸、石山の奥の山中の幻住庵《げんじゅうあん》に入り、秋までそこを栖家《すみか》とした。この家は、門人曲翠《きょくすい》（この当時・曲水）の伯父の持ち家で、その仮住いは曲翠にすすめられてのこと

人・小説家の佐藤春夫に師事する。代表作に『招魂の賦《ふ》』など。

★33 『筏』『花筏』に連なる長編三部作の一作目。近江商人の興亡を背景に人間の問題を描いたこの作品で大きく注目され、第一回目の芥川《あくたがわ》賞候補となった。

★34 昭和二十九（一九五四）年に発表された「筏三部作」の二作目。野間文芸賞を受賞。

★35 昭和三十二（一九五七）年に発表された「筏三部作」の三作目。

★36 昭和三十五（一九六〇）年発表。ほぼ同時期に病にかかった妻との、死に向き合いながらの生活を描く。

★37 昭和三十五（一九六〇）年発表。自身の性欲史を綴ったこの作品で、読売《よみうり》文学賞を受賞。

★38 商家の奉公人。

★39 鼻筋が通っていること。

★40 松尾《まつお》芭蕉。一六四四年～一六九

であった。

曲翠は、姓は菅沼《すがぬま》である。通称は外記《げき》。膳所藩の重臣であった。性格は倫理的感情がつよく、泰平の宮仕えにむかぬほどに直情家でもあった。近江は戦国期に多くの武将を輩出したが、菅沼曲翠は江戸期において近江武士の気質の系譜をひくひとだったといっていい。

　　おもふ事だまつて居るか蟾《ひきがへる》

という曲翠の句があり、かれの自画像を見る思いがする。かれの主君である膳所藩主本多康命はどうやら暗君★44だったらしく、おべっか者の用人曾我権太夫★45を寵愛していた。権太夫はその寵を笠にきて私曲★46をかさね、上下から嫌われていたが、たれも権太夫の威勢を怖れて直言する者がいなかった。曲翠は「おもふ事だまつて居るか蟾」と、おのれに問うているのである。

芭蕉の死後、曲翠は決心した。享保二（一七一七）年七月二十日、曾我権太夫が江戸に出府するため、儀礼として中老職★47である菅沼家にあいさつにきたとき、曲翠はかれの私曲を責めた。

が、権太夫はとりあわなかった。曲翠はすでに言論によってただす道は尽きたと見た。

四年没。江戸時代前期の俳人。各地を旅して紀行文や発句《ほっく》を残し、わびやさび、軽みを尊ぶ「蕉風《しょうふう》」と呼ばれる俳風を確立させた。代表作に『笈《おい》の小文《こぶみ》』『更科《さらしな》紀行』『嵯峨《さが》日記』など。

松尾芭蕉の肖像画

★41 元禄十五（一七〇二）年に刊行された俳諧《はいかい》紀行。門人の曽良《そら》とともに江戸深川を出発し、奥州・北陸をめぐって、伊勢（三重県）に向かうために美濃の大垣（岐阜県大垣市）に至るまでの約百五十日間の旅を素材にし

曲翠は、権太夫が御家をつぶすだろうと見ていた。それをふせぐには権太夫を殺し、自分もその場で自刃する以外にないと思い、長押《なげし》から槍をとりおろすと、逃げようとする権太夫を一突きに突き殺した。時をおかず、自分もその場で腹を掻き切って死んだ。五十八歳だった。

曲翠が公辺《こうへん》★48への遺書を認《したた》めたのはその事前なのか事後なのかはわからないが、ともかくもこの挙は私怨から出た、としたためた。もし公憤であると書けば幕閣が藩主本多康命を取り調べる。そのことを曲翠はおそれた。ただし私怨にすれば自分の家が取りつぶされる。それを覚悟した上での一挙だった。

膳所では曲翠の忠誠についてほめぬ者はなかったが、当の本多康命は大いに怒り、家禄などいっさいを没収した上、江戸詰《づめ》だった曲翠の長子菅沼内記《ないき》定季を切腹させ、遺族を追放した。曲翠夫人は髪をおろして法名を破鏡《はきょう》と称し、郷里の泉州《せんしゅう》岸和田に隠れた。

芭蕉は、曲翠の人柄が好きであった。現存する芭蕉書簡は、曲翠あてのものがもっとも多いとされる。

すでにふれたように、右の事件は芭蕉死後のことに属する。しかし芭蕉は生前、菅沼曲翠をそのような人物であると見ていたらしく、その『幻住庵記』★49（元禄三年・芭蕉四十七歳）に、曲翠について「勇士」という、およそ俳人の名に冠するには尋常でない形容を用いている。

ている。

★42 滋賀県大津市本丸町および丸の内町に存在した近江国膳所藩主の居城。徳川家康（50ページ注85参照）の命によって築かれた城で、初代城主は戸田一西《かずあき》。

★43 現在の三重県西部。

★44 あんくん＝愚かな君主。暗愚な君主。

★45 ようにん＝大名や旗本の家、また幕府において、財務や雑事などの管理を行い、家の中を取り仕切った者。

★46 しきょく＝邪《よこしま》で不正なこと。

★47 ちゅうろう＝家老の次位の職。

★48 公《おおやけ》。表向き。

★49 元禄三（一六九〇）年四月～七月まで滞在した幻住庵での生活について記した俳文。翌年刊の『猿蓑《さるみの》』に収められている。

『幻住庵記』では、その庵をとりまく湖南の風景について、芭蕉は以下のようにのべている。

山は未申《ひつじさる》（註・西南）にそばだち、人家よきほどに隔り、南薫《なんくん》（註・南風）峯よりおろし、北風海《うみ》を浸して涼し。日枝《ひえ》の山、比良《ひら》の高根《たかね》より、辛崎《からさき》の松は霞こめて、城有、橋有、釣《つり》たるゝ舟有、笠とり（註・笠取山）にかよふ木樵《きこり》の声、麓の小田《をだ》に早苗《さなへ》とる歌、蛍飛かふ夕闇の空に、水鶏《くひな》の扣《たゝ》く音、美景物《もの》としてたらずと云言なし。

芭蕉には、近江でつくった句が多い。

そのなかでも、句としてもっとも大きさを感じさせるのは、『猿蓑《さるみの》』★50にある一句である。

行春を近江の人とおしみける

この句でいう近江の人は、むろん複数である。その中に、当然、菅沼曲翠もまじっている。

行く春は近江の人と惜しまねば、句のむこうの景観のひろやかさや晩春の駘蕩《たいとう》★51たる気

芭蕉が滞在した幻住庵

★50 元禄四（一六九一）年に発刊された俳諧撰集。芭蕉の門下である向井去来《きょらい》と野沢凡兆《ぼんちょう》が編集にあたった。芭蕉の撰集から代表的なものを集めた。

★51 おだやかで、のどかなさま。

分があらわれ出て来ない。湖水がしきりに蒸発して春霞がたち、湖東の野は菜の花などに彩られつつはるかにひろがり、三方の山脈《やまなみ》はすべて遠霞みにけむって視野をさまたげることがない。芭蕉においては、春と近江の人情とがあう。こまやかで物やわらかく、春の気が凝《こ》って人に化《な》ったようでさえある。この句を味わうには「近江」を他の国名に変えてみればわかる。句として成りたたなくなるのである。

寝物語《ねものがたり》の里

近江路《おうみ》のなかで、行きたいとおもいつつ果たしていないところが多い。

そのひとつに、寝物語がある。

そこは美濃《みの》と国境《くにざかい》になっている。山中ながら、溝《みぞ》のような川（?）が、古い中山道《なかせんどう》★52の道幅を横断していて、美濃からまたげば近江、近江からまたげば美濃にもどれるという。「ねものがたりの里」など、地名として、一見、ありうべきでなさそうに思えるが、しかし中世にも存在し、近世ではこの地名を知っていることが、京の茶人仲間では、いわ

★52 江戸時代の五街道のひとつ。江戸から出て武蔵《むさし》（東京都・神奈川県・埼玉県）、上野《こうずけ》（群馬県）、信濃《しなの》（長野県）、美濃、近江を通り、京都へ至る。五街道

ば教養の範囲に属した。別名「たけくらべの里」とも言い、この地名の起源については
さまざまの説があるのだが、いまは触れない。

『近江国輿地《よち》志略』

という本が、江戸期に出た。輿地とは、地理ということばの、明治以前の言い方である。近江膳所《ぜぜ》藩が藩として編んだ近江の地誌で、編纂には藩の儒者寒川辰清《さむかわたつきよ》があたり、一七二三（享保八）年から十一年をかけて完成した。そこに、寝物語が出ている。

別名を、

「長久寺村」

といい、『近江国輿地志略』のころはすでに長久寺のほうが正称だったらしい。『志略』によると、長久寺村は柏原《かしわばら》の東にあり、かつて長久寺という寺があったためこの村名がおこった、としている。一方、「長競《たけくらべ》」ともいい「寝物語」ともいう、とある。

近江美濃両国の界《さかひ》なり。家数二十五軒、五軒は美濃、二十軒は近江の国地なり。

と、戸数まで書かれている。さらに、この書によると、両国のさかいはわずかに小溝《こみぞ》一筋をへだてているだけだ、という。二十五軒の家が、まさか壁一重《ひとえ》を共有する長屋であろうはずもないが、しかし壁ごしで、美濃の人と近江の人とが寝物語する、というと

とは、ほかに東海道、日光街道、甲州街道、奥州街道をいう。

『近江散歩』旅の行程

ころからその地名ができた。

ひょっとすると、美濃・近江の国境の二軒だけが合壁《かっぺき》の長屋で、その二軒長屋の床下を国境の小溝がながれ、両国の人が、壁ひとつをへだてて仲よく寝物語していた時代があったのかもしれない。

ちょっと話が外《はず》れるが、江戸時代の通貨制度では、江戸が「小判何両」というように金本位制で、京・大坂は「銀何匁《もんめ》」というように、銀本位制であった。この金銀の両立《りょうだて》制にあっては、近江は京・大坂圏の銀本位制で、美濃から東は江戸圏で、金本位だった。『近江国輿地志略』のそのくだりによると、二十五軒のうち近江側の二十軒が銀をつかい、美濃側の五軒が金をつかっていた、というのである。さらには二十軒が近江弁で、五軒が美濃弁をつかっていた。方言と通貨に関するかぎり、日本国の東西の境界は、寝物語の里の小溝ひとすじであったともいえる。


こんどの近江散歩では、そこから近江がはじまるという小溝の場所まで行ってみたかった。

「ほんとうにいまでもあるのでしょうか」

と、須田画伯が不安がった。

地図には、ない。近江（滋賀県）側として、柏原や長久寺の地名はある。県境のむこうの美濃（岐阜県）側でいうと寝物語のあたりは今須《います》であり、自治体としては岐阜県関ケ原町になる。現在の地名でいえば、滋賀県坂田郡山東《さんとう》町長久寺という集落をめざしてゆくしかない。★53

「長久寺という寺はあるのですか」

画伯は、いよいよ心細げであった。

「いや、寺がほろんで、地名だけのようですね」

「その長久寺村が、寝物語ですか」

この点が、あいまいである。

「『近江国輿地志略』という本にはそう書いてあります。しかし正確には、長久寺村のなかの国境《くにざかい》の小さな字《あざ》だけを寝物語とよんでいたのだとおもいます」

「いまの日本は、めちゃですから」

画伯は語気あらく言った。

「寝物語という地名も景色も、なにものこってないかもしれませんよ」

昭和三十年代から急速に膨脹した土木人口が、政府・自治体の予算を餌にして、ときに餓え、ときに血膨《ちぶく》れし、国土のなかを猛獣のように彷徨《ほうこう》している。政治家の票にむすびついては、無用のダムや埋立地や橋梁などをつくってきたが、近江にかぎっていえば

★53 現在の米原《まいばら》市長《ちょう》久寺《きゅうじ》。

生命の源泉ともいうべき琵琶湖を狙うというところまできているらしい。猛獣は家畜として馴致《じゅんち》しなければならない。こまるのは、どのようにして飼いならすかということについて、政党も新聞も、あるいは学者や思想家たちも馴致のための原理と方法をつかんでいないことである。土木人口や土木学が悪なのではなく、この国土と社会における棲《す》み方の思想が摑まれていないことが、悪といえるのではないか。

「いや、残っていると信じているのですが」

そこまで国土は、過剰外科による死滅部分が多くなっているとは思えない、と私はおもっている。琵琶湖をいたぶって殺すことは、土木人口を食わせることになるかもしれないが、しかし山中《さんちゅう》でささやかに息づいている寝物語の里までつぶすほどの理由は、〝国土産業〟の側にないだろう、と私は思っていた。

地図を、さらに見た。

そのあたりに、古くから中山道が通っている。

かつての日本国の主要部分を縦断する主要道路として、第一に東海道[★54]があり、その裏街道として中山道があった。中山道は、ほとんどが、山や谷を縫ってゆく。

京を起点とする東海道は、近江の草津まで行って東へ折れる。なお草津から北上しつ

★54 江戸時代の五街道のひとつ。太平洋沿いに、江戸日本橋から京都三条大橋へ至る。

づける道を中山道という。草津から近江路の宿場を南から順次あげると、草津、守山、武佐《むさ》、愛知川《えちがわ》、高宮《たかみや》、鳥居本、番場《ばんば》、醒《さめ》ケ井《い》、柏原、（美濃）今須というふうになる。この宿駅の数珠《じゅず》玉《だま》のうち、柏原宿と今須宿のあいだに長久寺（寝物語の里）がある。

「長久寺」

という一点だけを地図で拡大してながめてみる。

そこは、東西にのびる細長の谷である。その谷に、中山道が通っている。古代はろくに道がなく、谷歩きをしたのにちがいない。〝長久寺谷〟の北側は伊吹《いぶき》山塊が大きくもりあがって、谷にむかって低くなっている。谷の南側は、鈴鹿山脈の北端が勢を弱めつつおよんでいる。仮りに〝長久寺谷〟と名づけたものの、谷というイメージどおりに深々と地の底を形づくっているのではなく、強いていえば、北の伊吹山と、南の鈴鹿山脈とのあいだにできた東西の切れ目というほうがよさそうである。★55鞍部《あんぶ》という言い方が可能かもしれないが、鞍部というほどには隆《たか》くはない。やはり谷というほうが穏当である。

この〝長久寺谷〟を、こんにち、四本の交通施設が走っている。★56国鉄東海道線の在来線と名神高速道路と国道21号線、さらにはすでに切れぎれになっている古くからの中山道である。国鉄東海道新幹線は、ちょっと〝長久寺谷〟から外れていて、北の山をくりぬき、トンネルの中を通っているため、谷からは新幹線を見ることができない。いずれ

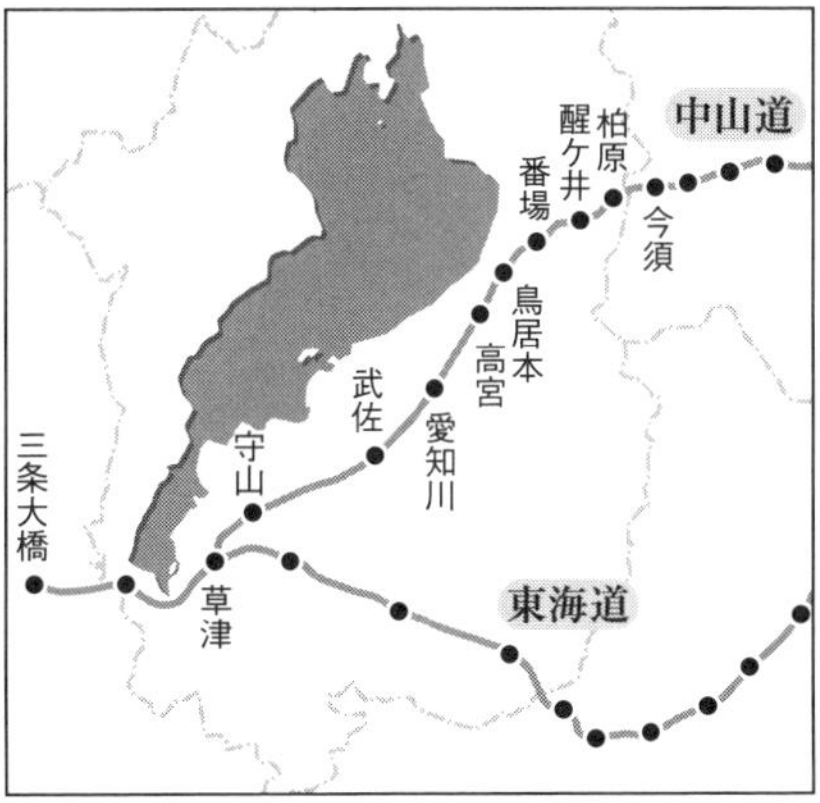

中山道と東海道

★55 山の稜線《りょうせん》のくぼんだ所。

★56 現在はJR東海道本線。

にしても、この付近において、道路と鉄道が束《たば》になって通っているため、寝物語の里など、もはや土木工事に踏みつぶされてしまっているという須田画伯の懸念《けねん》も、的はずれとは言えない。

拙宅のそばを、一時期の土木ブームのおかげで、中央環状線という自動車道路《アウトバーン》が走っている。この道路にさえ乗れば、川を流れるようにして名神高速道路に入ってゆける。

私は、土木国家の恩恵をうけつつ、家を出てから一時間後には、近江富士といわれる三《み》上山《かみやま》を左手に見つつ、野洲《やす》平野に入った。

野洲川は水枯れの多い川だが、この川ぞいの道こそ、ふるくからの東海道である。ふるい東海道は、土山をへて鈴鹿峠をこえ、伊勢に入る。

古い中山道の場合、伊勢とは無縁で、美濃へむかっている。名神高速もそれに少しのあいだ併行し、丘陵を切りさきつつ北にのびている。途中、八日市《ようかいち》付近に入った。

八日市付近では、右手に石塔寺《いしとうじ》という古代朝鮮式の石塔ひとつを山の上に持ったふしぎな寺の存在が印象的である。しかし高速道路の上からは、それがどの山であるかもさだかでない。

さらに愛知《えち》郡に入ると、右手に百済寺《ひゃくさいじ》★57を蔵する山の存在を感ずることができる。百済寺はかつては叡山《えいざん》延暦寺の末《まつ》として中世、三百の僧坊をもっていたといわれるが、いず

サービスエリアでカレーライスを食べる司馬さん

★57 滋賀県東近江市百済寺町にある天台宗の寺。推古十四（六〇

れにしても高速道路というものは、それら地面の諸相への愛《いと》しみを押し殺すことによって成立している。私ども利用者もそのつもりで神経を荒っぽくしてかからないと快適さは味わえない。

しかし、須田画伯は、荒っぽくない。私どもは、多賀《たが》に達した。この多賀には、高速道路上の設備として、便所と軽食の施設がある。高速道路においては、近江の古代文化を潜めている多賀も、生理的欲求をみたす機能的な場所でしかない。

たとえば、高速道路下の地面には、「お多賀さん」とよばれている古社がある。あまり神社仏閣には関心をもたなかった★58秀吉でさえ、一万石寄進したといわれているゆゆしい社で、江戸期では〝伊勢にゃ七度《ななたび》、熊野へ三度《みたび》、お多賀さまへは月まいり〟などとうたわれた。

私どもは高速道路上の食堂のなかに入り、カレーライスを注文した。画伯は、この場所が多賀であることを聞かされると、頰をあからめて感動した。

「このそばに、多賀大社があるはずです」

と、やや激《げき》して言った。私はとりあえず、カレーライスを食うことに専念した。高速道路に乗った以上は、なさけなくはあるが、風土への感懐も愛情も、一時、内ポケットに入れておくあらっぽさがなければ、かえって悲しくなってしまう。

「シバサン、多賀大社に行ったことがありますか」

六）年に聖徳太子が百済《くだら》や高句麗《こうくり》から渡ってきた僧たちのために創建したといわれる。

★58 豊臣秀吉《とよとみひでよし》。一五三七年〜一五九八年没。戦国〜安土桃山時代の武将。はじめ木下藤吉郎《きのしたとうきちろう》の名で織田信長（53ページ注101参照）に仕え、やがて羽柴秀吉《はしばひでよし》と名乗った。本能寺の変の後、明智光秀《あけちみつひで》を滅ぼし、四国、九州、関東、奥州を平定して天下統一を果たす。晩年、二度にわたって朝鮮への出兵を行うが、戦局半ばにこの世を去った。

画伯は、しつこかった。

「わっちは、長谷川三郎★59が長浜に疎開していたころに、行ったことがあります。長谷川三郎は英語が上手で、進駐軍とも話ができて、近江聖人といわれていました」

画伯の述懐は、高速道路を通ってきたせいか、どこか高速なみだった。英語が上手だったことと近江聖人といわれていたことのあいだに、長谷川三郎の人間と思想がぎっしりつまっているはずなのだが、画伯は省略した。ついでながら、長谷川三郎は戦後の抽象絵画の流行に火をつけた画家であり、理論家であった。さらには敗戦直後の須田画伯に強烈な影響をあたえた人でもあった。魅力的な説得力をもつ人だったようで、

「スダ君、道元《どうげん》★60だって抽象思想なんだよ」

といって、当時、写実画家だった須田画伯を動顚《どうてん》させ、抽象画に転向させたばかりか、画伯のいまにいたる道元好きに最初の火を点じた。惜しいことに、当の長谷川三郎は、老熟することなく早世した。それを思いだしているのか、窓ガラスごしに道路上の造園樹をながめている画伯は、寒鴉《かんがらす》みたいにさびしげだった。

伊吹山がにわかに近づいてきた。

この速さでは、よほど気をつけねば、寝物語の里など通りすぎてしまいそうである。

「いっそ、通りすぎましょう」

★59 はせがわ・さぶろう＝一九〇六年〜一九五七年没。洋画家。小出楢重《こいでならしげ》に師事。イサム・ノグチらと親交を結び、海外で日本の前衛美術の紹介に努めた。

★60 一二〇〇年〜一二五三年没。鎌倉時代の僧侶。曹洞宗《そうとう》の開祖。はじめ比叡山《ひえいざん》で天台宗を学び、ついで建仁寺《けんにんじ》で禅を修める。師とともに宋《そう》（中国）にわたり、帰国後は京都に興聖寺《こうしょうじ》、さらに越前国（福井県）に大仏寺（のちの永平寺《えいへいじ》）を創建した。

といってくれたのは、運転をしている石川氏だった。このひととは、十年ほど前、大和の高取城★61に行ったときに一緒だった。大阪の商家に育ったひとで、鷹揚《おうよう》な旦那ふうの人柄をもっており、物の考え方もそういうふうになるらしく、通りすぎぬようおどおどしているよりもいっそ美濃（岐阜県）の関ケ原盆地までゆき、ひきかえすときに山中をゆるゆるさがせばいい、というのである。よろこんで石川案にしたがった。

関ケ原の関とは、いうまでもないことだが、不破《ふわ》の関のことである。

この関は、古代史のなかの関である。奈良朝以前から、畿内《きない》の天皇政権にとっての防衛上の関所で、美濃・近江の境界の美濃側に置かれていた。この不破の関と、北陸道からの敵の乱入を遮断する越前★62愛発《あらち》の関、さらには伊勢からの敵をふせぐ鈴鹿の関が、律《りつ》令《りょう》時代、天下三関といわれていた。不破の関は壬申《じんしん》の乱（六七二）には、戦略的なかなめとして登場するが、平安初期には他の二関とともに廃された。

私どもはすでに名神高速から離れ、国道21号線（米原〜岐阜）を東へ走っている。この21号線が、旧中山道に沿う道で、21号線がつくられるときに寸断された中山道の切れっぱしが、村々の村道としてのこっているはずである。

山が、いよいよせまってきた。道路の左手の壁になっている山が伊吹山塊の南端で、右側はすでに鈴鹿山脈の北端でなく、養老山地の北端である。道路の右に「不破の関

★61 奈良県高市郡高取町高取にあった山城。南北朝時代に豪族の越《お》智《ち》氏が砦《とりで》を築いたのが始まりとされる。司馬さんは『街道をゆく7』所収の「大和《やまと》・壺《つぼ》坂《さか》みち」で、この城を訪れている。

★62 現在の福井県中北部。

関ケ原インターチェンジ付近

跡」という標柱があらわれた。関ケ原盆地まで行かずとも、この不破の関跡からUターンすればいいと思い、石川さんにそういった。車はすでに美濃に入っている。現在の地名でいえば、岐阜県不破郡関ケ原町の町域に私どもはいる。関ケ原はかつて関ケ原村であったが、昭和二十九年に町域がひろげられ、この関の跡の松尾も、近江寄りの今須も関ケ原町になった。

関跡は、道路の右手（南側）で、山中の狭隘部ながらそこだけ平地になっている。

この関の跡は、岐阜県教育委員会が昭和四十九年から三カ年をかけて発掘調査し、土塁跡、庁舎跡、鍛冶工房跡などを発見し、その後、関ケ原町に保管をゆだねた。道路からそこまで降りてみると、木立のなかに、関の庁舎を模したかのようなきれいな町立の資料館が建てられていた。キップを買って入館すると、よくできた復元模型が陳列されている。ほかに、出土の瓦、須恵器[★63]の盤、おなじく円面の硯《すずり》、甕《かめ》、「和同開珎」[★64]の古銭などが展示されていて、規模が小さいわりには見ごたえがある。

関所跡の敷地を南にはずれると、苔むしたようにして中山道の切れっぱしが残っており、古道に面して、無人のわらぶきの家が朽ちたまま立っている。廃屋の横に小さな茶畑があり、そのまわりを杉木立がかこんでいて、番場[★65]の忠太郎でも出てきそうな感じがした。

21号線にもどり、近江をめざした。やがて21号線の左に旧中山道らしい道があるのを

★63 すえき＝古墳時代中期から平安時代にかけて作られていた土器。

★64 わどうかいちん＝日本古代の貨幣とされる。平城京が造営された和銅元（七〇八）年に発行され、主に畿内で使われた。

和同開珎

見つけ、そこへ車を入れると、ほどなく黒ずんだ杉木立の中に入った。右手が山、左手は道路にそって狭い平地がつづいている。そのむこうに、鉄道の土手、あるいは道路の土手。ススキの穂が無数にゆれうごいていた。

　杉木立をくぐりぬけると、道は平地におりる。そのあとガードをくぐったり、踏切をこえたりして、車内で揺れうごくうち、再び広重★66の絵に描かれているような古街道らしい道に出た。両側に、家々がならんでいる。小さな町家《まちや》ふうの家もあれば、農家ふうの家もある。ガレージもある。じつはここが寝物語の里だったのだが、気づかずにゆきすぎた。

　この一件についてさきに不破関資料館で、館の管理をしている中年婦人に、寝物語の里の場所について教えてもらったのである。彼女は、

「道ばたに碑があります」

　と、いったのだが、その碑が見あたらなかった。

「碑なら、さっきありましたよ」

　と、車内で須田画伯がいった。画伯に言われるままにひきかえすと、なるほど路傍に花崗岩《かこうがん》の四角い碑があった。腹がたつほど何の象徴性ももたない無性格な碑である。碑にはこう刻まれている。

★65 ばんばのちゅうたろう＝昭和五（一九三〇）年に発表された、小説家、劇作家の長谷川《はせがわ》伸《しん》による戯曲『瞼《まぶた》の母』の主人公。近江番場生まれのばくち打ちで、幼いころに生き別れた母を探すため旅に出る。

★66 安藤《あんどう》（歌川《うたがわ》）広重《ひろしげ》。一七九七年～一八五八年没。江戸時代後期の浮世絵師。西洋の画風も取り入れ、叙情的で親しみのある風景画を描いた。代表作に『東海道五十三次《つぎ》』『名所江戸百景』など。

旧跡　寝物語　美濃国不破郡今須村

裏面には、

明治三十六年八月建之

これを見すごした理由のひとつに「国境の川」という先入主もあった。いかに「小《こ》溝《みぞ》」と書かれていても、橋ぐらいあるだろうと予断していたのがよくなかった。橋などはなく道路が溝をおおっている。道路の下に、下水道のようにして幅五〇センチほどの溝がある。それが国境線だった。溝は両側が石垣でかためられているが、野普請《のぶしん》めいており、両側が小畑《こばたけ》になっている。

私は、近江の畑に立っている。ひとまたぎで美濃の畑にもどった。両国のあいだを往復しながら、道路を見あげると、国境上に家並《やなみ》がある。しかし合壁ではなく、溝一つをはさんで、たがいに独立家屋だった。ただし、軒下にさえ立てば、両国の人は小声で世間話をすることができる。あるいは真夏の寝ぐるしい夜、軒下に縁台さえ出せば、互いにうとうとしつつも物語ができるはずである。

美濃側の畑のやや北の奥まったところに、芭蕉《ばしょう》の句碑があった。

寝物語の里を訪れた司馬さん

江戸にあった芭蕉が、伊賀における母の死を知り、旅だつ。同行者は江戸浅草に住んでいた苗村千里《ちり》で、篤実に芭蕉の身のまわりの世話をした。芭蕉自身、この旅を、野にすてられた髑髏《のざらし》になる気分でおもいたち、そのことばを入れた句も紀行文の冒頭に入れたことから『野ざらし紀行』[★67]とよばれている。この旅の途次、近江に入り、東へゆき、この美濃境いの寝物語の里を経、不破の関跡をこえた。

私は、どうせ『芭蕉文集』や『芭蕉句集』に出ているだろうと思いつつ、句碑に刻まれた「……美濃と近江」という文字に目をとめたまま、メモもとらなかった。帰宅して『野ざらし紀行』をひらいてみたところ、句碑の俳句は出ておらず『芭蕉句集』にも見あたらなかった。句碑の句は、おぼろげの記憶では「正月も美濃と近江や閏月《うるふづき》」だったようにおもうが、『野ざらし』の旅での大きな収穫であった「道のべの木槿《むくげ》は馬にくはれけり」や「露とくくこゝろみに浮世すゝがばや」などからくらべると、いい句ではなかったような気がする。

三十分ばかり、村の道を歩きつつ、昭和四十年ごろ、いまは故人である茶道研究家の井口海仙《いぐちかいせん》[★68]氏に、茶器のおもしろさについてうかがったことを思いだした。その海仙翁の談のなかに、

「寝物語という茶杓《ちゃしゃく》がございましてね」

というくだりがあった。その茶杓は、一本は美濃の竹でつくられ、一本は近江の竹で

★67 貞享《じょうきょう》二（一六八五）年～貞享四（一六八七）年に成立した俳諧《はい かい》紀行。江戸を出て伊賀に帰郷したのち、大和《やまと》（奈良県）や美濃などをめぐり、翌年京都や尾《お》張《わり》（愛知県）、甲斐《かい》（山梨県）を経て江戸に戻るまでの紀行が、発句《ほっく》を中心に綴《つづ》られる。

★68 一九〇〇年～一九八二年没。十三代千宗室《せんそうしつ》の三男。戦後、茶道書の専門出版社・淡交社《たんこうしゃ》を創設した。

つくられていて、一つの筒におさめられている。それを「寝物語」と銘打ったことから名物《めいぶつ》になった、という。いつ、たれの作だったかは、忘れた。

陽が、斜めになってきた。

「行きますか」

石川さんをうながし、車の中に入った。車は、心利いたことに、美濃側にとめてあった。走りだして溝を越えたとき、いかにも今から近江路の旅にのぼるという気分になった。

伊吹《いぶき》のもぐさ

江戸中期に、柳沢淇園《きえん》★69（一七〇四～五八）という風流人がいた。号は里恭《さととも》。大和郡山《やまとこおりやま》十五万石の重臣で、家中《かちゅう》にあっては、

「権太夫どの」

などとよばれてしかめっつらをして過ごしているのだが、ひとたび出府し、吉原の妓

★69 江戸時代中期の文人、画家。南画の先駆者の一人で花鳥画や墨竹画に優れていたとされるが、その他にも詩文や医学、音楽など合わせて十六芸に通じたとい

楼に登ると、無類の遊び上手としてふるまった。淇園は遊里や遊女がかりそめの美しさであることを知っていたが、美はむしろかりそめのなかにある、と性根のほどを据えていたらしい。

著作に、

『ひとりね』

というただならぬ随筆集がある。女は風流でなければならぬ、風流は廓《くるわ》の女にしかないなどと言い、さらにその随筆のなかでしばしば女郎のことを「女郎さま」と半ば本気で奉る一方、一般の女のことを「地女《じおんな》」とよんだりする。地女はつまらぬ、と淇園はにべもなくいうのだが、ひょっとすると江戸期の武家の女、町家の女、農家の女というのは、こんにち、テレビの時代劇などで演じられているほどには魅力的な存在ではなかったのかもしれない。歌舞伎などでも、魅力的に演じられている女性というのは多くは、廓の女である。

廓の女は、楼主が諸芸の師匠をまねき、歌道、茶道、香道などを身につけさせ、さらには立居振舞を典雅にさせ、いわば大名の姫君にもないほどの気品を理想像とさせた。「女は無才なるがよし」といわれて素《す》のままで娘になり、人の女房になる「地女」からみれば、吉原の松の位《くらい》の大夫《たゆう》などは、かがやくような存在だったにちがいない。

淇園は、ただの遊冶郎《ゆうやろう》★70ではなかった。その時代きっての大教養人であっただけでなく、われている。

柳沢淇園『ひとりね』

★70 酒色にふけり、身持ちが悪い男。放蕩者《ほうとうもの》。

なみの画家が及ばぬほどに画才があった。絵だけでなく、人の師たるに足る芸が十六種もあったといわれている。

かれの『ひとりね』はどうやら二十一、二のころの作らしく、よほど早熟でもあった。荻生徂徠《おぎゅうそらい》★71とは身分柄、対等でつきあいつつ、学問など遊里の文化からみれば屁のようなものだ、とべつにきざでなく思っていたらしい。

　余、十三の時に唐学を学び、今廿一の暮まで覚えし学問、惚れし大夫《たいふ》の下帯《したおび》とつりかへにしたし。

とはいうものの、淇園は物狂いの風狂人ではなかった。廓というかりそめの宮殿に、女郎という、人工的な女君子《おんなくんし》がいて、その装置や仕掛け、あるいはふんいきにだまされてこそおもしろいのだ、ということを知っていた。

女郎を買うことの極意は、買うたと思うな、女郎に買われたと思え、ということだ、という意味のことを先輩のことばを引用して淇園はいっている。二十一、二の若僧がいうには小生意気という感じがしないでもないが、稀代のディレッタント★72がいうことだから、ここは素直に読んで感心するほうが無難かもしれない。

当時、金のある者が女郎を身請《みうけ》したりした。そのことについて淇園はいう。

★71　一六六六年〜一七二八年没。江戸時代中期の儒学《じゅがく》者。五代将軍綱吉《つなよし》の側用人《そばようにん》である柳沢吉保《やなぎさわよしやす》に仕えた。朱子学を学んだのち古文辞学を大成させる。

★72　学問・芸術を慰み半分、趣味本位でやる人。好事家《こうずか》。

女郎を請け出す時、一斤半斤《いっきんはんぎん》といふ事あり。たとへば千両にて請け出したる女郎は、廓を踏み出すと五百両に位が見ゆるものなり。五百両は廓の門口《かどぐち》より、いづくともなう失《う》するものといふ。

要するに、男の側からいえば女郎をわがものにして廓から連れだしたとたん、幻覚が半分は落ちるというのである。いいかえれば、廓という幻覚こそ文化だというわけだし、そういう文化からみれば四角四面《しかくしめん》の唐学など、女郎の下帯ほどのものだ、ということでもあるのだろう。

私は、江戸時代の文化を知る上で、『ひとりね』の存在を大切に評価しているし、柳沢淇園そのひとも好きである。そのため、ついこの道中も手間どった。すでに美濃《みの》から山中《さんちゅう》の溝《みぞ》一筋こえて近江《おうみ》へ入っているのだが、淇園を思いだし、以上のようにながながと触れた。

じつをいうと、淇園もここを通っている。かれは大和《やまと》から江戸へ出府するとき、中山道《なかせんどう》を経ることが多かった。『ひとりね』にも、この山中をたどった文章がある。のちに触れる。

私どもは、寝物語《ねものがたり》の里からそのまま旧中山道を四キロたどるうちに、小さな国鉄の駅前に出た。柏原《かしわばら》駅である。淇園もこの宿場を通った。

柏原の宿場は、伊吹《いぶき》山の南麓にある。

伊吹山は、胆吹山とも書く。古語で呼吸のことを息吹《いぶき》という。伊吹山は、たえず風や雲を息吹いている。古代人の山岳信仰では、山からおろしてくる風は神の息吹であるとしていた。山は、標高一三七七メートルである。近江第一の高山で、古代のひとびとがこの山をたえず息吹いている精霊とみただけでなく、ふしぎに薬草が多く、いかにも奇《く》すしき山とみていた。

十世紀に編纂された律令《りつりょう》国家の法典である『延喜式《えんぎしき》』に、諸国から朝廷に貢進する薬種のことが列記されているが、そのなかで近江がもっとも多く、七十三種にものぼっている。そのほとんどが伊吹山で産する。

なかでも、灸《きゅう》のもぐさが代表的である。

効能の高い灸には伊吹もぐさが使われねばならないとされてきたが、その原料であるよもぎは、伊吹山の八合目あたりに自生しているものがもっともいいという。

江戸期の近江に関する地理書である『近江国輿地《よち》志略』についてはすでにふれたが、そのなかに「伊吹蓬艾《いぶきもぐさ》」についての簡潔で的確な記述がある。

彦根城から見た伊吹山

胆吹山産する所の蓬《よもぎ》也。山の八分に在《あり》。高《たかさ》三、四尺、乃至《ないし》六、七尺。

というから、ずいぶん寸法の大きなよもぎといっていい。さらに『近江国輿地志略』にいう。

土人、毎年五月五日、是《これ》を採《とつ》て干曝《かんばく》する事数遍《すうへん》。臼にて是を舂《つ》き、乃《すなはち》蓬艾《もぐさ》を製す。柏原駅にて是を売《うる》。

江戸期に、この山中の宿場で、街道に面してもぐさ屋が十数軒もあり、明治後は一軒きりになってしまったが、江戸期はどの店も繁昌していた。中山道を往来する旅人は、伊吹山の南麓の柏原宿場に入ると、たいていはもぐさを買う。とくに参覲交代のための大名行列がこの宿場にとまったりすると、ひとびとはあらそって江戸や国もとのみやげに袋入りのもぐさを買った。おもしろいことに、どのもぐさ屋も「亀屋《かめや》」という屋号を名乗っていた。鶴は千年、亀は万年という、その亀のイメージで薬効を象徴させていたのである。おかしさは、おそろいで「亀屋」だったということで、このことは近江商人がたがいに足をひっぱりあわないという気風とかかわりがあると見てよい。

さて、柳沢淇園に話をもどさねばならない。

『ひとりね』のなかでのかれの道中は、近江をへて美濃に入ろうとする西からの旅であった。その身分からみて、数人の家来をつれていたはずである。

しかも駕籠《かご》に乗っていた。このことは、やや淇園らしくない。

かれは漢学から仏学にまで通じていた半面、三味線をよくし、琴唄や★73端唄が玄人はだしで、さらには天文から★74本草《ほんぞう》、製薬に堪能《たんのう》だったというが、なによりも弓馬刀槍ではよほどの腕だったらしい。二千石、★75大寄合《おおよりあい》の身分とはいえ、二十そこそこの若さで道中を駕籠ですることはないのだが、おそらく宿場の入口に入ると、身分柄、駕籠に乗らざるをえなかったのだろう。

さきに、伊吹の宿場柏原のもぐさはみな亀屋であると書いたが、柳沢淇園は「虎屋」というのもある、というふうに書いている。淇園の見まちがえかと思ったりするが、こんにちともなれば実証するよしもない。もっとも実証したところでさほどの意味もない。

過ぎし頃ほひ、美濃の国と近江の国とに秀《ひい》づる伊吹山のもとを過ぎて見れば、虎屋・亀屋などの店ありて、製法もぐさといひて紙袋に入れて商ふ。里人のいへるは、亀屋といへる店の艾《もぐさ》極めてよしといふ。亀屋とやらん名ある店も、いく店もあるやうに、乗り物のうちより見なしてありき。ある人のいひしは、★76市川団十郎が製法の

★73 はうた＝三味線伴奏の小唄。変化のある曲風が特徴。

★74 植物を中心とする薬物学。平安時代に中国から伝わり、江戸時代に全盛となった。

★75 旗本で番方、役方などの役職に就いていない者。

★76 いちかわ・だんじゅうろう＝一

伊吹艾の狂言より、ひとしほ盛りにこれを世にもてはやさる。三升の紋付けし艾でなければ、人も灸をせぬやうになりぬ……。


この文章の末尾のくだりに注目したい。江戸で、伊吹のもぐさの効能を狂言をつかって宣伝しているのである。以後、このもぐさが世にもてはやされるようになった、と淇園が見ているのは、じつに正確な観察といっていい。

以下は、そのことについての近江商人の極意である。


伊吹もぐさが結構なものだというのは奈良朝のころから定評があったとはいえ、世々の遷《うつ》りによって一般には忘れられたかのようであったとき、この伊吹山麓の柏原の人で松浦七兵衛《まつうらしちべえ》（亀屋佐京《かめやさきょう》）という快傑が出た。かれが大いに中興する。

『伊吹艾と亀屋佐京』

という冊子が、昭和十一年、柏原の郷土史家中川泉三によってあらわされたが、その本に、七兵衛の肖像画が出ている。眉太く、ひげの剃りあとも青く、商人に似あわぬ武骨な風貌である。背後に碁盤をすえ、その上に書物をさりげなく置き、左手に莨盆《たばこぼん》を置いて、扇子をななめにかまえたあたり、ただならぬ才気もうかがえる。

近江におけるどの商家の成立も、その天才的な祖が、天秤棒で荷をかついでまわると

六八八年〜一七五八年没。歌舞伎役者。二代目。隈取りに工夫をこらし、荒事《あらごと》を洗練させる。

ころから出発した。ただ他国の商人とちがうところは、近江商人に遠隔地商業の感覚があったことである。かれらはとなりへゆくように京・大坂にのぼり、江戸へくだり、さらには奥州、松前（北海道）まで足をのばし、成功すると土地土地に支店をつくった。

前掲の中川泉三の本によると、松浦七兵衛が江戸へ商いに出たのは、★77松平定信《まつだいらさだのぶ》（一七五八〜一八二九）が老中だった時代というから、柳沢淇園が柏原宿を過ぎたときから半世紀も後のように思える。淇園の時代、団十郎の芝居によって伊吹もぐさが普及していたのだが、七兵衛のころにはまたしても世間の周知の度合がひくくなっていたのか、かれは一から宣伝しようとした。

七兵衛は江戸へ出る途次、ぬかりなく行商した。出府すると、府内を歩いて売りひろめ、やがて利益が積みあがると、吉原へゆき、いっさいを散財した。芸者を揚げ、大夫を買い、そのことをくりかえすうちに、廓の評判男になったが、そろそろ潮どきであるとみておおぜいの芸者をよび、酒宴をひらいた。そのときの七兵衛のあいさつの口上が、亀屋佐京家につたわっていて、中川泉三の前掲の著のなかに出ている（以下、勝手ながら、原文に句読点をうつ）。

さて今日まで長い間、吉原へ来てはおまへ達となじみになりて、もうけた利益は皆吉原へつぎ込んでしまふたが、今宵は皆に註文があるが、聞いてくれまいか、と云

★77 江戸時代後期の大名。白河《しらかわ》藩主となり、飢饉《ききん》に陥った藩を救った。のち老中となり、乱れた幕政を立て直すため寛政《かんせい》の改革を行う。

ふたら、席に居並ぶ芸者達は、私らで聞ける事なら御聞《おきき》します、と答へたので、さうかそれでは私もうけては又吉原へ散らしに来るよ、元来私は江州《がうしう》柏原の艾商人《もぐさあきんど》であるから、おまい達はこれから毎夜の御客の宴席で歌ふ時に、伊吹艾の歌を交ぜて三味線に合して歌ふてくれまいか、といへば、芸者らは其歌は何といふのですか、其歌か、其歌は何でもない平凡な歌さ、

「江州柏原　伊吹山のふもと　亀屋佐京のきりもぐさ」

といふ只一つじや、さあ今一つ皆で歌ふて見よ、と云へば列席の芸者達は面白半分に歌ひました。

当時の吉原は、流行の源泉のような機能をもっていたから、この単純なCMソングが大いにはやった。七兵衛のつくった宣伝文句のかんどころは「伊吹山」という山名を強調するところにあった。この山名のイメージには、薬効が高いということが世間の記憶にあったのである。一方、七兵衛は多くの売り子をやとい、江戸の市中を振り売りして歩かせた。その売りことばは、

エー、名物伊吹艾で御座い、此艾で灸治すれば病の神はにげて仕舞《しまい》、万病必ず全快は受合です、エー名物伊吹艾。

というものだった。ただし右の売りことばのなかの「受合です」の「です」はひょっとすると、伝え間違いかもしれない。「です」の語法は当時すでに存在していたが、芸者やたいこもちといった、江戸期では特別なグループのあいだで使われていたことばで、ふつうの者がつかえば下品な語感があったとされている。商人が大切な商品を売りあるくときにことさら特別な語法をつかうことはまずなく、「ござい」とか「ござります」といっていたとも思えたりする。いずれにしても、この売りことばにも「伊吹」が出てくる。この山名をいうだけで、もぐさに霊気が宿っているように感じられたであろう。このような次第で、七兵衛は千金を得た。

右の事歴は、七兵衛の独身時代である。かれは故郷の柏原にもどると、五十三カ所の田畑を一時に買い入れて大地主になったという。その代金が八百九十五両で、その証文がまだ亀屋佐京家にのこっているというから、御伽草子《おとぎぞうし》のような話ではない。

女房や子をもって商売の基礎はできない。独身時代に生涯の大わくをつくるというのが、当時の近江商人の伝統であった。七兵衛は長者になってから嫁をもらった。当時の輿入《こしいれ》には、祝いの形式として村の若衆宿《わかしゅうやど》の者が花嫁の行列に泥をなげたり、道具を青竹でたたいたりする民俗的な遺風がのこっていたが、七兵衛の場合、あまりのあざやかな成功のために、そねみを買い、手加減をすることなく若者どもが乱暴し、箪笥《たんす》長持《ながもち》なども半ばこわされた、という。

七兵衛は、面構《つらがまえ》からみると戦闘的な男で、大いに腹も立ったろうが、反面、その腹立ちすら商いにむすびつけた。かれは自分の成功と、村のそねみ、乱暴という実話の筋書をたずさえて大坂の浄瑠璃作者を訪ね、『伊吹艾』という浄瑠璃をつくってもらっただけでなく、道頓堀と京都の誓願寺の小屋で興行させた。そのことで、亀屋佐京の評判は京・大坂で喧伝され、もぐさは売れに売れた。

「七兵衛さんの店がまだのこっているはずですよ」

と、編集部の藤谷宏樹氏が言った。念のためにたしかめてもらうと、厳然と旧中山道柏原宿場の中どころに残っているという。江戸期の柏原のもぐさ屋はみなつぶれたが、亀屋佐京家はきわだって身代《しんだい》★78が大きかったのと、七兵衛の遺訓が生きつづけていたことなどがあって、ただ一軒だけのこったのである。ひょっとすると、単一商品をあつかう商家としては、あるいは日本最古の家であるかもしれない。

亀屋佐京の店のむかしは、安藤広重《あんどうひろしげ》（一七九七〜一八五八）の絵で見ることができる。広重の傑作が「東海道五十三次」であることはいうまでもないが、「木曾《きそ》街道六十九次」

★78 個人の所有する財産。家の財産。

というシリーズもよく知られている。木曾街道は中山道のことである。その「柏原」のくだりの絵が、画面いっぱい、亀屋佐京の店頭風景になっている。

駕籠舁《かき》が二組、前景にひかえていて、もぐさを買いに行ったであろう客を待っている。店頭には大きな福助の人形と伊吹山の模型がすえられていて、客はいずれも旅人である。番頭が一人、小僧が一人、応対している。店舗は二つにわかれていて、むかって左が販売用の店構えでなく、七兵衛が独創したところの休息所になっている。茶庭の待合《まちあい》に似た風雅な構造で、ふつうの待合よりも広い。長い床几《しょうぎ》★79が三台おかれていて、むかって右の店頭の客より身分のよさそうな客が二人、たばこをのんでいる。

その背後に、すばらしい庭園が見える。客はこの待合から庭園をながめて旅のつかれをやすめているのである。むろん庭見物は無料であった。無料とはいえ、ここにすわったかぎりはもぐさを買わずには居られまい。

このあたりが七兵衛の着想のおもしろさであった。かれは身代《しんだい》ができると、この広重がえがいた店舗・邸宅を建てただけでなく、邸内に大規模な庭園をつくったのである。むろんみずからの楽しみのためではなく、旅客のためだった。さらに、絵では見えないが、池のほとりに蔵六亭という瀟洒な一屋をつくり、宿場を通過する大名・小名を招《しょう》じ入れて休息させた。休息した以上は大名たる者がもぐさを買わずに立ち去れるものではない。買うとなると大量に購入することになる。

安藤広重「木曾街道六拾九次之内　柏原」

★79 数人が座れる程度の長さがある、細長い板に脚を付けた腰掛。

ただし、柳沢淇園が柏原宿を通ったときは、年代的には七兵衛の父か祖父の時代で、当時も数あるもぐさ屋のなかで亀屋佐京家がきわだった存在ではあったものの、右のような装置はなかった。

亀屋佐京家は、そのままのこっていた。

長大な間口は、広重の絵以上の規模である。広重の絵では二階が小さいが、現在の古い建物は完全な二階建である。ただ広重の絵のように間口がすべて開放されておらず、半ばは京格子でおおわれている。

「伊吹堂」

と、重厚に作られた古風な看板は広重の絵にはないが、文字といい、作りといい、色といい、日本に現存する古看板のなかでも有数のものといっていい。軒下にながいのれんがかかっていて「伊吹艾本家亀屋佐京」と染めだされている。

広重の絵にある待合の部分は、江戸期のいつのころか、隣接しての別の建物になった。そこは大名を迎えるための格式をもつ大玄関になっており、門を入って小庭を通り、玄関に至ると、式台《しきだい》にのぼるために幾段かの高い階段がある。おそらく「本陣」である資格をゆるされてからつくられたものにちがいない。

私どもは、電話で松浦家の許可をえておいた。着くとご当主の松浦宏一氏と子息の元一郎氏とが玄関先で待っておられたのには、恐縮した。

私は表構えだけを見せていただくつもりでいたのだが、あがれといわれて、つい図々しくあがってしまった。玄関を経て入った座敷が、どうやら蔵六亭のようだった。そこからみごとな庭を見ることができたのだが、庭は江戸期よりもずっと小規模になっている、と宏一氏がいわれた。ついでながら、この古い宿場からジャーナリストの吉村正一郎★80氏が出た、と宏一氏はいわれる。

「正一郎さんとは、同年の幼な友達でした」

ともいわれた。須田画伯も私も旧知だっただけにただごとでない思いがした。すでに正一郎氏は故人だが、その同年の知人たちの年齢から推して、宏一氏は八十か、それに近いお年かとおもわれた。

「では、弟さんの映画監督の吉村公三郎★81さんも、この村ですね」

というと、そうです、と宏一氏はいわれる。吉村正一郎氏は京都に下宿して京都府立二中に通学したが、公三郎氏は、となりの岐阜県の大垣中学校に通った。

やはり当時は滋賀県の中学にゆくには不便だったのですか、ときくと、

「美濃（岐阜県）のほうが近うございましたよ」

と、宏一氏がいわれた。

老当主の温和な風韻にくらべて元一郎氏は闊達な人で、しきりに古文書などを見せて

★80 よしむら・しょういちろう＝一九〇四年～一九七七年没。昭和期の新聞記者。大阪朝日新聞社に入社し、京都支局長、論説委員を務めた。一方で文芸評論を発表し、著作に文芸評論集『文学と良識』などがある。

★81 よしむら・こうざぶろう＝一九一一年～二〇〇〇年没。男女の心理描写を流麗な演出で描いた。代表作に『暖流』『安《あん》城家《じょうけ》の舞踏会』『偽れる盛装』など。

くださろうとしたが、にわかに拝見するのも失礼だと思い、心を残しつつ辞去した。

彦根へ

日本史上、もっとも安定した統一時代というのは、関ケ原合戦（慶長五年・一六〇〇）の終了からはじまる。そのための決戦には、日本史上空前の人数があつめられた。こういう事象が、★82津軽《つがる》や★83薩摩《さつま》で発生せず、ほぼ本州の中央部である美濃《みの》でおこなわれたことも、政治の力学として当然であったろう。

その結果は、すぐ近江《おうみ》にひびいた。

主力決戦は、関ケ原盆地の東西をつらぬいている中山道《なかせんどう》上でおこなわれた。戦いは午前八時前、濃霧のなかではじまったが、西軍がよく戦い、正午までは勝敗が決しなかった。午後になって西軍の将★84小早川秀秋《こばやかわひであき》が裏切ることによって戦況が一変した。八時間のたたかいのすえ、午後四時ごろ、東軍の勝利になった。

おわると、細雨が降ってきた。その夜、★85家康自身は戦場で仮泊したが、★86直参の★87井伊直《いいなお》

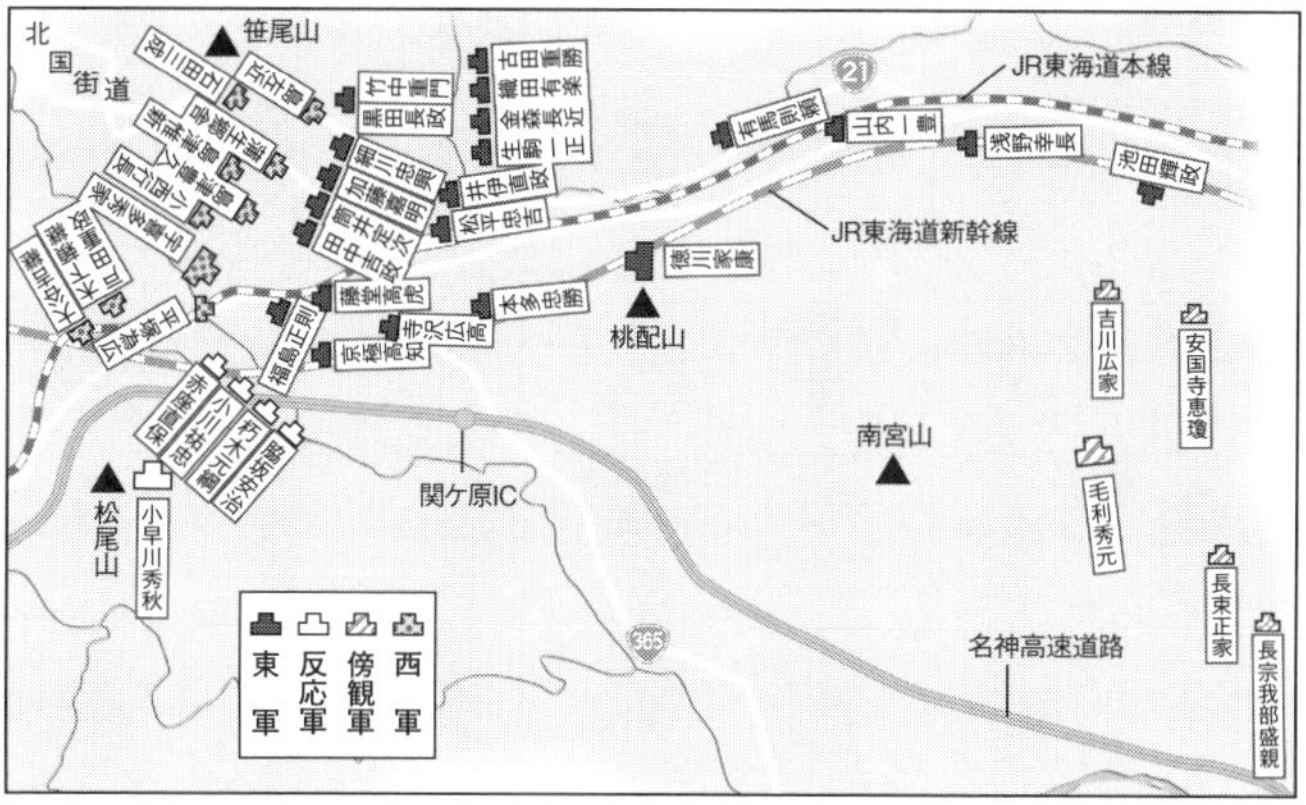

関ケ原合戦地図

★82 現在の青森県西部。
★83 現在の鹿児島県西部。
★84 一五八二年～一六〇二年没。豊臣秀吉の養子となったのち、小早川隆景《たかかげ》の養子となる。関ケ原

政《まさ》（一五六一〜一六〇二）には休息をゆるさず、近江への進攻を命じた。近江を制しなければ戦勝の力学は安定しない。さらに具体的には近江における石田三成★88の居城佐和山《さわやま》★89城（いまの彦根の東北）を陥とすことであった。家康は、直政に、旧豊臣系諸将を付《ふ》し、人数一万五千をあたえた。

井伊直政は、私どもが経た美濃の今須《います》や寝物語《ねものがたり》の里、さらには近江の柏原《かしわばら》を経るのだが、山中《さんちゅう》のせまい道路は人馬で充満し、とても前進できる状態ではなかった。

その上、九月十四日夜の夜間行軍とそれにひきつづく十五日朝からの八時間の激闘で、★90士卒がつかれきってもいた。

このため、直政は、寝物語の里のある今須で一泊した。

どの文献だったかわすれたが、この中山道の大渋滞をいいことに、西軍の敗残兵が、勝利軍の東軍の兵になりすまして、ずいぶんまじっていたらしい。むろん、名のある★91物《もの》頭《がしら》ではなく★92徒士《かち》や★93足軽のたぐいだったろうが、そのことを総帥《そうすい》の家康に報じた者がある。家康は、見すてておけ、といったらしい。勝利を得た早々、細部にこだわるのは政治的ではないという判断だったのだろう。

近江への進攻の総司令官になった井伊直政は、やがて★94彦根をあたえられ、その子の代において彦根城を築城し、明治維新までつづく三十五万石の祖になる。

の戦いでの寝返りの功により、備前・美作（岡山県）五十万石を領した。

★85 徳川家康《とくがわいえやす》。一五四二年〜一六一六年没。関ケ原で勝利し、江戸幕府初代将軍となる。

★86 じきさん＝直接将軍に属すること。

★87 徳川家康に取り立てられ重臣の一人となる。関ケ原の戦いの軍功で近江佐和山城を与えられた。

「関ケ原合戦絵巻」に描かれた井伊直政

家康の幕下《ばっか》で、直政ほど家康から愛され、信頼されていた人物もすくない。

かれは、家康の発祥の地である三河の出身ではなかった。遠州井伊谷《えんしゅういいのや》★95の出で、その家系は平安末期、井伊庄園の在庁官人だったころにさかのぼるといわれるから、戦国期ににわかにあらわれる出来星《できぼし》の武士たちからみて、きわだって出自《しゅつじ》がいい。井伊氏は室町期には今川《いまがわ》氏に服従し、直政の先々代は桶狭間《おけはざま》★96で戦死した。さらには先代は今川氏から疑われて攻め殺され、幼少の直政は生母などにまもられて漂泊し、その後、家康の勢力が遠州にのびたときに少年ながら見出され、井伊谷の旧領をあたえられて近侍《きんじ》するようになった。直政にとって家康は単に主人という以上に恩人であり、かれは生涯、渾身《こんしん》の誠実さで家康につかえた。さらにはそのことが、井伊家の家訓にもなった。

長じて直政は、家康の内々の相談相手になった。直政は思慮ぶかく、四方に心をくばって、しかも口重《くちおも》の人だった。家康もときに思いちがいをした。そういう場合、「直政が余人のいないときに意見をしてくれる」などと、人を月旦★97することのない家康が、めずらしく直政の人物評を秀忠夫人★98への手紙のなかでふれたりしている。

直政は、武勇の人でもあった。

当時の軍事用語に「突っかかり」ということばがあった。両軍対峙《たいじ》しているときに、人馬をしずめることなくやみくもに敵に突撃してゆく型の部将がいる。そういう部隊行動や、そういうことをする事を「突っかかり」とよび、家康自身、かれの野戦方式はこ

★88 いしだ・みつなり＝一五六〇年～一六〇〇年没。豊臣秀吉の家臣で太閤《たいこう》検地など内政面で活躍した五奉行《ぶぎょう》の一人。秀吉の死後は徳川家康と対立したが、関ケ原の戦いで敗れ、斬首された。

★89 近江国佐和山（滋賀県彦根市）に存在した石田三成の居城。関ケ原の戦後、東軍に攻められ落城。井伊直政が次の城主となるが、彦根城を築く際に解体され、資材として使われた。

★90 武士（士官）と兵卒。兵隊のこと。

★91 足軽たちを率いる役。

★92 騎乗を許されず、徒歩で戦をする武士。

★93 武士の最下層。普段は雑務を行い、戦になると歩兵として戦う。

★94 現在の滋賀県中東部。琵琶湖《びわこ》の東岸にあり、井伊氏の城下町として発展した。

★95 現在の静岡県浜松市北区引佐《いなさ》町。

の突っかかりであった。直政は平素の慎重さに似ず、戦場ではつねに「突っかかり」をなし、しかも生涯、十六度の合戦に一度も負けをとったことがなかった。

家康は、そういう直政をいよいよ愛した。話はべつだが、家康は武田信玄★99を畏怖しつつ、その軍法を羨望していた。武田家が勝頼★100の代でほろんだとき、家康は織田信長★101のゆるしをえて武田家のめぼしい将士を大量に吸収した。しかもそのほとんどを直政の家来にした。

武田家は、赤備《あかぞなえ》といわれた。そろって赤い具足《ぐそく》をつけ、指物、鞍から馬の鞭《むち》まで赤塗りを使ったが、直政自身みずからの具足を赤にしただけでなく、部隊全員の具足その他を赤くし、

「井伊の赤備」

とよばれるようになった。さらには、新規にめしかかえた武田家の遺臣広瀬美濃と三《み》科《しな》肥前から、武田の陣立《じんだて》や戦法の教授をうけた。つまりは、井伊家が信玄流の相続者になったといえる。

それらは直政の選択ではなく、家康の指示によるものだった。大軍の決戦には、先鋒部隊を錐《きり》のように鋭くして敵陣に穴をあけねばならないが、家康は直政をもってその錐にしたのである。

直政は、家康の期待によく応《こた》えた。天下人《てんかびと》としてにわかに勃興した秀吉が、東海の家

★96 永禄三（一五六〇）年、駿河国《するがのくに》（静岡県）・遠江国・三河国（愛知県）を治める今川義元《いまがわよしもと》と織田信長が戦い、信長の奇襲作戦によって義元が敗死した戦い。

★97 げったん＝人物の批評。しなさだめ。

★98 近江国の武将浅井長政《あさいながまさ》と、織田信長の妹であるお市《いち》の方の間に生まれた江《ごう》のこと。江戸幕府三代将軍徳川家光《いえみつ》らを生む。

★99 たけだ・しんげん＝一五二一年～一五七三年没。父の信虎《のぶとら》を追放して甲斐国《かいのくに》の国主となり、信《しな》濃国《ののくに》や駿河国を制圧する。上杉《うえすぎ》謙信《けんしん》と五回にわたって川中島の戦いを繰り広げた。

★100 たけだ・かつより＝一五四六年～一五八二年没。信玄の子。信玄の死後に家督を継ぐが、天正三（一五七五）年の長篠《ながしの》の戦いで織田・徳川連合軍に敗北する。

康を屈従させるべく、天正十二（一五八四）年、尾張《おわり》の★102小牧《こまき》で対陣し、膠着《こうちゃく》状態におちいったとき、秀吉軍は家康軍の腰の強さに手こずった。とくに井伊直政隊の猛気におそれ、

「赤鬼」

とよんだ（★103『甲陽軍鑑《こうようぐんかん》』）。ここでべつな連想を浮かばせてもいい。直政から十何代かのちの彦根藩主である★104直弼《なおすけ》が、幕末、大老として時勢の混乱を果断に拾収しようとした。かれは公卿、大名、諸藩の士などの野党的活動者を大弾圧（★105安政《あんせい》ノ大獄《たいごく》）したが、このときひとびとは直弼のことを「井伊の赤鬼」とよんだ。憎悪より多分に畏怖をまじえてよんだのである。

直政とその隊の関ケ原合戦での奮戦はすさまじく、直政自身、鉄砲玉を二つ身にうけたほどだった。二年後、この古傷が開いて、直政は四十すぎで死ぬのだが、いずれにせよかれの人柄と働きが、井伊家をして徳川家における特別な位置を幕府瓦解にいたるまで占めさせることになったといっていい。

同時に、直政の政治思想や人格、事歴がその後の彦根の家政や藩風の基礎になった。それらをふまえて、関ケ原後のかれの逸事に、二、三ふれておく。

戦後、直政は、近江佐和山城主である石田三成の旧領をあたえられた。

★101 おだ・のぶなが＝一五三四年〜一五八二年没。将軍足利義昭《あしかがよしあき》（97ページ注176参照）を追放して室町幕府を滅ぼし、全国統一に乗り出した。しかし明智光秀《あけちみつひで》の謀反《むほん》により、本能寺の変で志半ばに死亡。

★102 小牧・長久手《ながくて》の戦い。秀吉軍と家康、織田信雄《のぶかつ》（「のぶお」とも）連合軍が尾張国（愛知県西部）小牧・長久手、および伊勢《いせ》（三重県）国内で繰り広げた戦い。信長死後の織田政権の継承問題が発端となった。

★103 江戸時代初期の軍学書。全二十巻から成る。武田信玄とその子勝頼の二代にわたる合戦や事績、刑法などが記されている。

★104 一八一五年〜一八六〇年没。江戸時代末期の大老。日米修好通商条約に調印し、それに反対した者たちを安政ノ大獄で弾圧し

かれが、民政家としてもすぐれていたことは、その前歴でも想像できる。たとえば家康が秀吉の時代、関東に入部《にゅうぶ》したとき、直政に★106上州箕輪十二万石をあたえた。ここはかつて小田原北条《ほうじょう》氏の領地であったので、かれはその旧臣を召し出して北条時代の行政や慣習をよくきき、良き法をのこし、不合理なことは廃したので農民はよくなついたという。ただ、農民に甘えさせることはしなかった。不作の年、税率をゆるめることを乞うたが、ゆるさず、違反者をごく少数えらび、磔刑《はりつけ》という極刑に処した。一罰百戒といえるが、為政者としては、国人《こくじん》・地侍《じざむらい》につけ入らせるすきをあたえなかった。

江戸期二百数十年、彦根井伊家に苛政はほぼなく、他藩にくらべ民政はよかったといえる。もっとも、藩政初期には、この直政流の武断的峻烈さが子の★107直孝によって一、二度、示されている。この封建制度のなかでの武断的気質が、はるかな後年、★108ペリー衝撃《ショツク》による天下★109騒擾《そうじょう》の時代に、大老井伊直弼の政治感覚にまったく反映しなかったということはありえない。封建時代、すぐれた藩祖をもった藩は、藩祖の思想が判断の規準になることが多く、井伊家の場合、直政は歴史上の人物ではなく、つねに息づいていたということはいえる。

柏原をすぎた。

私は、車の中で地図をひろげ、日没までの時間を考えた。すでに伊吹《いぶき》山麓をすぎて、

た。このため、江戸城桜田門外で暗殺される。

★105 井伊直弼が彼の政治に批判的な大名や公卿《くぎょう》、幕臣、志士らを弾圧した事件。百名あまりが処罰を受け、八名が処刑された。

★106 現在の群馬県高崎市中北部。

★107 一五九〇年～一六五九年没。井伊直政の次男。多病な兄・直継《なおつぐ》（直勝《なおかつ》）に代わって彦根藩主となり、大坂ノ陣で軍功をあげ加増を受ける。二代将軍徳川秀忠、三代将軍家光、四代将軍家綱の三代にわたって仕えた。

★108 嘉永六（一八五三）年にアメリカの海軍軍人ペリーが日本に開国を求め、軍艦四隻を率いて浦賀に来航した事件。これが日本の鎖国体制を終わらせるきっかけとなった。

★109 社会の秩序が乱れること。

野に出ていた。

「彦根に入るころは、夜でしょうね」

と、運転している石川さんにたしかめた。私どもは、関ケ原での戦勝のあと、井伊直政が、石田三成の佐和山城を攻撃したときとほぼおなじコースをたどっている。

「夜でしょう」

と、石川さんがいった。

関ケ原の敗戦後、石田三成は単身、伊吹山の山中に入り、消息をくらました。命が惜しかったのではなく、多分に観念主義者な面をもつ三成は、総帥はこうあるべきものだという信念をもっていた。総帥の勇気は、走卒の勇気とはちがうものだということである。一度や二度の敗戦で死ぬべきものではなく、生きて再挙の機を待つべきものだということらしかった。三成の教養のなかでは、しばしば敗走した漢の劉邦《りゅうほう》★110の姿などが生きていたはずである。

もともと三成の挙兵にはむりがあった。豊臣家におけるかれの地位は総務局長程度にすぎず、その身代《しんだい》も二十万石に満たなかった。ただかれには、打算の時代である戦国期に成人した人間としてはめずらしく理念があり、さらには義の観念がつよかった。義という徳目には、無理がともなう。そのことが善しとわかっていながら、ふつう利害や保身の感覚からいえば為《な》しがたいことをするのが、義である。

★110 前二四七年～前一九五年没。中国、前漢の初代皇帝。楚の項羽《こうう》と連合して軍を進め、秦《しん》を滅ぼした。さらに項羽とも戦ってこれを破り、天下統一を成し遂げて長安《ちょうあん》を都とした。

秀吉の没後、かれは小身《しょうしん》の身ながら、大身代《おおしんだい》の大名や、家格や実歴の古い大名を説いて味方にひきいれ、かろうじて二百数十万石の家康に対抗できるだけの大軍を編成した。打算的勢力から推戴されて総帥になったわけではなかった。それでも三成のおかしさは、総帥であるとみずから信じ、伊吹山中に身をかくして、とらえられてからも、前述のようなことを他者にいったことである。

家康は、人数をさいて三成を捜索させる一方、井伊直政らに佐和山城の攻撃を命じたのである。

関ケ原で西軍は四散し、三成は行方不明になったが、かれの佐和山城は健在だった。といっても非戦闘員に近い老人や女子、あるいは士卒の家族が留守をしていたにすぎない。三成の父正継、兄正澄《まさずみ》、その子朝成、三成の子重家、三成の妻の父宇多頼忠、その子頼重らで、城は東軍一万五千にかこまれた。家康は佐和山攻めをいそいでいた。かれはできるだけ早く大坂に入り、主権者である秀頼《ひでより》を制する一方、便宜上これを擁し、天下の体制を徳川体制に組みかえるという政治的魔術を施さねばならなかった。このため、佐和山城の踏みつぶしに手間どってはならない。殲滅しようとすれば、時間がかかる。

——開城せよ。

という旨、家臣船越五郎左衛門をして申し入れさせた。船越は、三成はすでに討たれ

石田三成画像

た、とあざむいた。さらに、家康の意である、として「三成の一族の主たる者は切腹せよ、士卒は降参する者はこれをゆるす」と申しのべた。

三成の城だけに、城内のひとびとは家康という人間を老猾★111という一点でとらえていた。たしかに、この時代、政治家らしい政治家は、家康以外に、九州に★112黒田如水《くろだじょすい》がいた程度であった。正継たちは論議したが、結局、士卒にかわって一族が切腹しようということになった。

ただ、家康は船越のことばどおり士卒の生命をたすけるだろうか。そのことを家康自身から確言を得ようとし、答礼使として一族の津田仙庵父子が城門を出た。が、事情を知らない脇坂安治《わきざかやすはる》の兵のために討たれてしまった。

このため、城中は、はたして家康にあざむかれた、とし、この上は奮戦して死のう、ということになったが、三成の父正継や兄正澄らはそのことを士卒に強制せず、死を共にしようとする者のみ残るべし、と触れた。

この間《かん》、城をぬけだしたのは、大坂の秀頼のもとから援兵としてきていた★113長谷川守知《はせがわもりとも》という者が水ノ手口からのがれて、寄せ手の小早川勢に奔《はし》ったぐらいで、城中男女二千数百がことごとく城にこもり、二日間激闘し、討死もしくは自害した。この一事でも、三成がいかに士心を得ていたかがわかる。ついでながら、三成の家中《かちゅう》はほとんどが近江人であった。

★111 ろうかい＝世の中の経験を積んで狡猾《こうかつ》なこと。世知にたけて悪がしこいこと。

★112 黒田孝高《よしたか》。一五四六年〜一六〇四年没。織田信長に仕え、彼の死後は豊臣秀吉の軍師として活躍。中国征伐や四国征伐などで功を立て、豊前国《ぶぜんのくに》（福岡県東部・大分県北部）六郡を与えられた。

★113 一五六九年〜一六三三年没。豊臣氏に仕え、関ケ原の戦いではじめ西軍に属していたが、のちに東軍に内通する。その後は徳川家康に仕え、美濃国などに領地を与えられた。

戦後、井伊直政が近江における三成の旧領をひきついだとき、この一点に気を使った。三成は、豊臣期の大名のなかで、★114加藤清正とならんでもっとも民政に留意した人物であり、農民からも慕われていた。その旧領を保つ者としては、直政が適材だったにちがいない。

一方、三成は関ケ原での戦いがおわって七日後にとらえられ、十月一日、京の六条河原で刑殺された。死にいたるまでのあいだ、三成の身柄を、家康は直政にあずけた。遺領を相続する者にその死刑囚の身柄をあずけるなど、家康の感覚には血のにおいがただよっている。ただし、直政の三成に対するあつかいはむかしとすこしも変らず、鄭重に礼遇したという。直政の人柄にはどこか、のちの英国貴族のような気配《けはい》がある。

さらには、『井伊家年譜』によれば、大坂城に入った家康は直政をよび、

汝ガ功、巨大、実ニ創業ノ元勲也。

と称した。直政はそれまで十二万石であった。三成の旧領をもらうことで、十八万石になった。元勲と激賞したわりには加増がすくなすぎるが、そのあたり、家康の手堅さともいえる。奇体《けったい》なやつともいえる。もっとも、のち井伊家は三十五万石、★115譜代大名随

★114 かとう・きよまさ＝一五六二年～一六一一年没。幼少より豊臣秀吉に仕え、織田信長死後の織田政権の主導権をめぐって起こった賤《しず》ケ岳《たけ》の戦いで活躍した「七本鎗《しちほんやり》」の一人に数えられる。石田三成らと対立し、関ケ原の戦いでは東軍についた。

★115 ふだいだいみょう＝江戸時代の

一の石高になるが。

三成の旧領を相続して佐和山城に入った直政は、石田時代の法や慣習を尊重しただけでなく、戦国期に敗れて民間に落魄している佐々木氏や浅井《あさい》氏の遺臣をよび、近江の国風について深く聴くところがあった。

さらに家臣団に対し、

「関ケ原合戦に関することを語るな」

と、命じた。語れば、三成の悪口になり、三成をひそかに慕っているかもしれない民間の感情を傷つけることになる。さらには、関ケ原合戦の西軍の中核部隊（三成の隊）は近江衆であった。近江衆を打ちくだくことによって徳川が天下を得た上に、直政は敗者である近江人の支配者になったということを考えあわさねばならない。しかし戦国というのは人気《じんき》があらっぽく、この種の柔軟さをもとめるとなれば直政以外になく、この点、かれを近江に置いたのは、家康の絶妙な人事だったといっていい。

さらにこのとき、家康は、直政に、

「西国三十余カ国の諸大名の監視」

という重責を負わせた。西国にはむろん京都の公家《くげ》もふくまれている。この職務は明文にこそされてはいなかったが、井伊家代々に相続され、その家格の重さにさらに重味を加えつづけた。くりかえし幕府瓦解期の井伊直弼をひきあいに出すようだが、かれの

大名の家格のひとつで、関ケ原の戦い以前より徳川氏の家臣であった者を指す。これに対し、関ケ原の戦い以後、徳川氏に臣従した大名を外様《とざま》大名という。

政治意識にもこの一事が濃厚にあり、かれが独裁でもって主導した安政ノ大獄も、この歴世の職務に忠実だったともいえる。

直政が四十二歳で死ぬとき、老臣の木保守勝《きまたもりかつ》に後事を託すのだが、とくにくりかえし言ったのは、西国諸大名の動向についてであったという。西国諸大名といっても、★116長州《ちょうしゅう》の毛利《もうり》氏と薩摩の島津《しまづ》氏のほか、おそるべき存在はなかった。

木俣守勝は直政の死を報ずべく急行して家康に謁したとき、家康は守勝に佐和山城の位置の重要さを説き、「よく幼主★117（直継《なおつぐ》・十二歳）を守護せよ」と言い、さらに声をはげまして、

——天下の大事ここにあり。

とまでいった、と『木俣土佐紀年自記』にある。井伊家の任務としての毛利・島津氏への監視はよほど重いものとして歴世の当主に相続されて行ったことは疑いをいれない。

直政は、彦根城を築くことなく死んだ。

つぎの直継（のち直勝《なおかつ》と改名）の代に築かれるのだが、築城は幕命によるものだった。命令がくだったのは慶長九（一六〇四）年、直勝十五歳のときで、物事ができる年齢ではない。

彦根城の築城は、家康の意図から出た。かれはいずれ大坂城の秀頼を討滅せねばなら

★116 現在の山口県。

★117 一五九〇年～一六六二年没。江戸時代前期の大名。井伊直政の長男。父の跡を継いで近江佐和山城主となるが、のちに彦根城を築きそちらに移る。徳川家康の命を受けて弟の直孝に家督を譲り、上野国《こうずけのくに》（群馬県）安中《あんなか》藩主となった。

ないと見、井伊家の重臣たちに縄張《なわばり》の地を物色させていたが、やがて重臣たちが彦根山（金亀山《こんき》）にきめたとき、大いに賛同した。

御縄張（註・設計）ノ御指図モ是《これ》アリシ也。（『井伊家年譜』）

家康は築城を公儀普請とし、江戸から普請奉行三人を派遣しただけでなく、伊賀《いが》、伊《い》勢《せ》、尾張、美濃、★118飛騨《ひだ》、★119若狭《わかさ》、越前《えちぜん》の七カ国十二大名に手伝わせた。

私どもが彦根の駅前のひろい商店街通りに入ったときは、覚悟していたようにすでに夜だった。人通りがなく、それだけに両側の店々のあかりがかえってさびしく、雪の季節でもないのに、北国の街に入ったような清らかさがあった。

やがて彦根城のそばをすぎ、湖畔に近づき、渚《なぎさ》のそばにあたらしくできたホテルに入り、荷物をおろすと、ロビィで息を入れた。

ロビィは、湖水の側が大きなガラス戸になっていて、そのまま水のたゆたいが視野いっぱいにひろがってみえる。ただし、いますぎてきた彦根城の丘が岬のようにつき出していて、遠景をなしていた。

その夜の湖水を中景にして、彦根城の天守閣が照明をうけて白々とうかんでいるのを

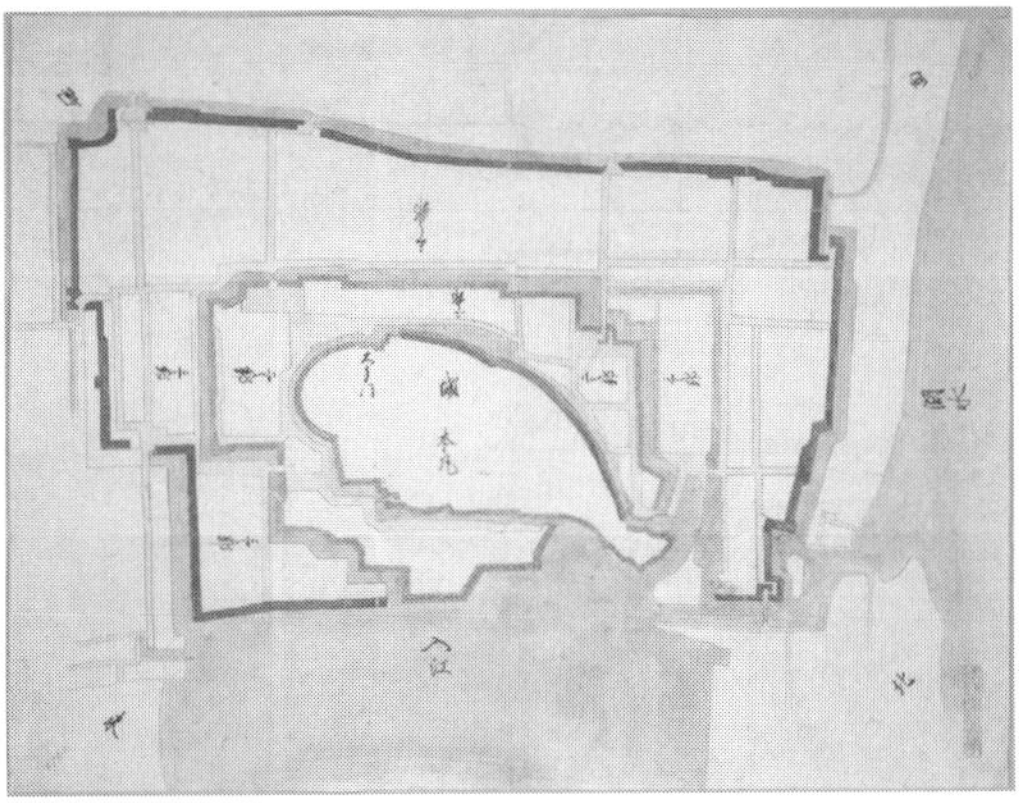

彦根城図（『日本古城絵図』より）

★118 現在の岐阜県北部。

★119 現在の福井県西部。

見たとき、ときめくほどに感動した。

維新のとき、太政官令《だじょうかん》によって多くの城がこぼたれたが、伝承によると、明治天皇がこの城を見、その典雅さに感じ入ってぜひ残せということで残されたともいわれている。

たしかに、彦根城は、西国三十余カ国に対して武威を誇る象徴というよりも、むしろ湖畔にあって雅びを感じさせるやさしさを持っている。家康の「御縄張ノ御指図」の功なのか、あるいは近江の古建築の感覚が反映したのか、そのあたりは推量するよりほかないが、ひるがえって考えてみると、建物も石垣も、この付近の旧佐和山城や佐々木氏(六角氏《ろっかく》)の観音寺城《かんのんじ》など在来の古城郭のものをとりこわして移された。いわば旧建造物をたくみにモザイクしたものであったということを思うと、近江建築の理想的な結晶体といえなくはない。

金阿弥《こんあみ》

夜、渚《なぎさ》のそばのホテルから、食事をするために彦根の旧城下へ出た。

湖が暗く、陸《おか》は水の暗さにくらべればほのかにあかるい。街のあちこちにほどのいい闇が溜まっていて、暗さが気品になっている。

「気分が落ちつくなあ」

と、理由をいわずにそうつぶやくと、同席の秦正流氏が、

「こういう暗さがなあ」

と、応じてくれた。このひとは私の学校の先輩で、ちかごろながい新聞社での生活を、職制上の現役としては了えた。近江《おうみ》へゆくならわいもゆくと言い、夕刻、私どもとホテルで合流した。秦さんは東京住まいながら、近江人なのである。ただし、

「わい」

という一人称を愛用している。近江言葉ではない。

わいというのは、大阪府の河内《かわち》から市内にかけて、よほど自由自在にそだった悪童がつかっていた言葉で、私の記憶でも、昭和一ケタの時代には死語にちかかった。こんにち昔の大阪弁が生きて使われているのは道頓堀の松竹新喜劇の舞台ぐらいのものだといっていいが、多くは船場の商家が設定として出てくるために、わいは舞台の上でもまず使われることがない。もはや日本中で、わいを一人称として愛用しているのは、秦さんぐらいのものかもしれない。

ついでながら、昭和三十年刊の『大阪方言事典』（牧村史陽編）の「ワイ」の項をひく

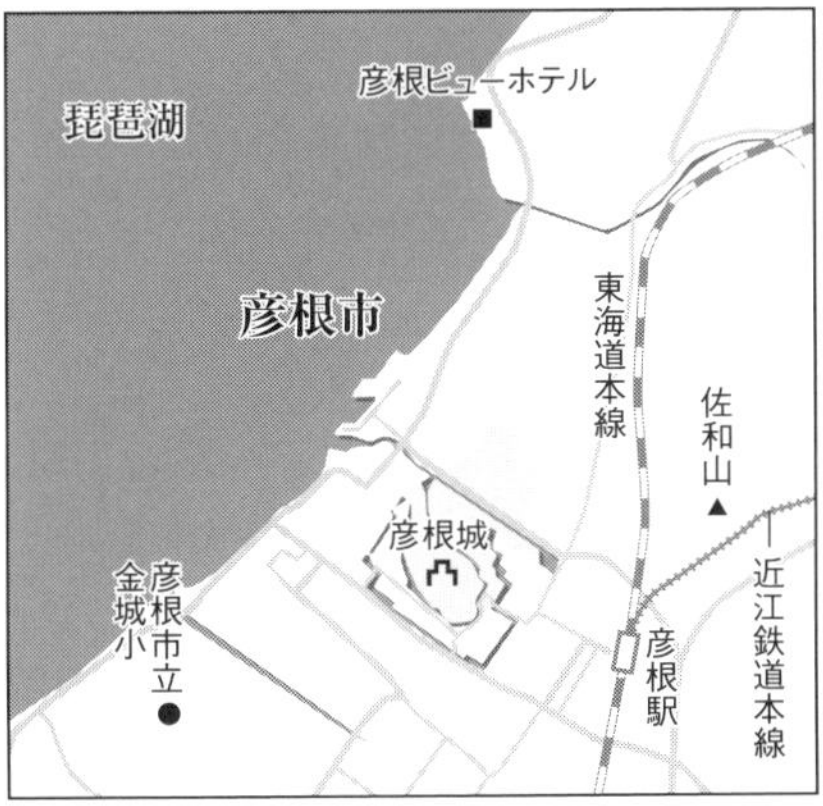

彦根

と、

男子の間では、ワイが最も下品で、ワタシが品がよく、ワタクシは最上級の場合にしか使わない。

とある。

秦さんは学校と勤務地をふくめて大阪生活も長かったから、そういうことはよく知っている。それでも、

「わいとこ」

などという。わいとこは、東京の石神井《しゃくじい》である。

近江はことばのいい土地で、とくに彦根の町方《まちかた》ことばは、京ことばに近い。むかし、彦根で、老婦人が立話しをしているのを耳にして、音楽のように感じたことがある。

一方、近江の真宗寺院のことばも、城下町言葉や商家のことばともちがうが、風格をもったことばである。

唐突ながら、中世における真宗（一向宗《いっこう》）の政治・社会史的研究にあたらしい分野を確立された笠原一男氏が、昭和二十年代のおわりごろに刊行された著書のなかで、中世民衆の経済的成長とともに膨脹した★120蓮如《れんによ》の真宗教団についてふれられている。蓮如の真

★120 一四一五年～一四九九年没。室

宗教団がやがて守勢期に入ると、本山が貴族化し、さらに末寺が「村落貴族化した」という表現をつかわれていた。

「村落貴族」などというのは鮮やかな表現である。そういう傾向は京・大坂にはすくなく、北陸から近江にかけてとびきり強かった。その色彩は敗戦のころまでつづいた。最下限は昭和初年に真宗寺院にうまれた人の少年時代がそうだったろうと思うが、寺族《じぞく》のなかでは、父をおでいさまとかおもうさまとよび、母親をおたあさまとよんだ。まったくの公家言葉だった。また檀家のひとたちは、寺院の少年・少女を、若様、お姫《ひい》様とよんだりした。このことは寺の貧富とは関係がない。

秦さんは、近江の真宗寺院の次男坊である。以前、この人に若様とよばれていたか、ときくとだまっていたが、かさねて、幼名があったか、ときくと、

「わいの幼名は、ナニナニや」

と、いった。

そういうひとがわいということに、個人的精神史と意識の屈折があるかと思える。

さらに、江戸以来の商人としての近江人は、上方《かみがた》の経済圏と江戸の経済圏をつねに見くらべて行動する位置にあったが、商人でないひとたちも、両方の文化をよく見きわめるところがあった。私の知っている女性で、彦根のうまれの人が京の祇園のお茶屋に嫁入りしてきたが、嫁入り早々のころから、当時すでに崩れかけていた京ことばのなかに

町時代中期の僧。本願寺第八世で、浄土真宗中興の祖とされる。天台宗総本山である比《ひ》叡《えい》山《ざん》延《えん》暦《りゃく》寺《じ》の衆徒によって本願寺を破壊されるが、のちに山城国（京都府）山科《やましな》の地に再興し、本願寺を真宗を代表する強大な宗門に成長させた。

あって、たれよりも美しい伝統的なことばをごく自然につかっていた。

大阪の船場ことばは京ことばを真似ぞこなって出来たものだと私は思っているが、実際には近江の丁寧言葉が元祖であったかもしれない。船場の中核的な商家の多くは近江系だったし、江戸・明治期は近江から★121丁稚を採用した。大正時代ぐらいになると、近江八幡《はちまん》の八幡商業などの出身者を採用し、昭和一ケタぐらいになれば、彦根高商を採ったりした。そういうひとたちが、大阪の丁寧語をつくり、維持したといえる。

そういうなかにあって、秦さんが、

「わい」

という。そのあたりの屈折がおもしろい。ただし、このひとの意識が近江から離れているというのではない。この人はふしぎなほど自己愛が稀薄でありながら、自分の身分《アイデン》証明《ティティ》の各項目についての愛情がつよい。故郷である近江がすきである。また自分の生家の本山である★122西本願寺も好きである。重ねて宗祖の★123親鸞《しんらん》もすきだし、また自分の半生をそこですごした新聞社、あるいは、私より十年前に卒業した大阪の外国語の学校も好きである。さらには、日本社会と日本国が好きで、いずれも自己愛《ナルシシズム》と関係はない。

以上は、まあ、一近江人の素描である。

部屋にもどると、一日ぶんの元気が、三パーセントほど残っていた。その三パーセン

★121 でっち＝職人や商人の家に奉公し、雑用や使い走りを仕事とする少年のこと。

★122 浄土真宗本願寺派の本山、本願寺の通称。

★123 一一七三年〜一二六二年没。鎌倉時代初期の僧。浄土真宗の開祖。比叡山で天台宗を学んだのち、法然《ほうねん》（69ページ注130参照）の門弟となった。念仏停止《ちょうじ》の弾

トを酒で費《つか》いはたすのが順当なのだが、私にはそこまでの飲酒体力がない。このためなんとはなく『彦根市史』（昭和三十五年刊）の上冊をながめていると、

「彦根古絵図」

とよばれる美しい古地図が出ている。この図は、井伊《いい》家所蔵のものが原図らしく、彦根市立図書館にもその古い写しらしい図があり、それをあわせて、上田道三という画家が筆写したもので、まだ彦根山（金亀《こんき》山）に彦根城が築かれていないころの絵図である。以下、この「古絵図」についての感想をのべたい。

遠州井伊谷《えんしゅういいのや》の名族の出である藩祖直政《なおまさ》が、十五歳のとき家康に拾われた、ということはすでにふれた。

家康が遠州浜松城を居城としていた時代で、鷹狩《たかがり》にゆく途上に見出されたといわれている。家康はとりあえずこの少年のために城内の台所に部屋をあたえた。やがて万千代《まんちよ》（直政）のもとに十六人の旧臣があつまってきた。

直政が少年であるため、すぐさま★124知行《ちぎょう》や★125扶持《ふち》がきめられたわけではなかった。いわば、無料のめしを食わせた。年少者に対するこういう待遇のことを、台所住いと言い、当時のことばづかいでいうと、

――台所めしでも食うておれ。

ということになる。わるい処遇ではなく、台所めしを食った少年たちが、その主人の

圧によって越後国《えちごのくに》に流罪《るざい》となり、赦免《しゃめん》ののち関東で布教活動を行った。

★124 将軍や大名が家臣に与える土地。

★125 給与として与えられる米。

側近になってゆく場合が多い。主人の目がよくゆきとどき、その薫陶もうけやすい上に、少年の側からいえば何ごとかを為さねばならず、また忠誠心も他の者より強くなる。いわば、家康学校の幼年生徒《カデット》であった。秀吉の場合の例でいえば、かれが信長によって近江長浜城主にしてもらったとき、故郷の尾張《おわり》中村あたりから幾人もの少年がやってきた。そういう少年たちが秀吉の台所飯を食い、秀吉夫人から繕《つくろ》いものなどをしてもらったり、合戦のときには秀吉の床几《しょうぎ》まわりをかためるという生活をするのだが、それらの代表的な者が虎之助《とらのすけ》（加藤清正）であり、★126市松《いちまつ》（福島正則《ふくしままさのり》）であった。かれらの生涯を考えるとき、少年期に秀吉学校のカデットであったことをおもわねば、意味が通じにくい。

家康は、浜松城の台所飯を食っている井伊万千代に対し、金阿弥《こんあみ》という同朋《どうぼう》をつけてやった。秀吉の場合は少年たちの面倒を秀吉夫人がじかに見たが、家康の夫人はそういう世話のできるひとではなかったために、男が面倒を見たのである。

さて、金阿弥についてである。その前に、

「阿弥」

あるいは、

「同朋」

ということについて触れておかねばならない。

★126　一五六一年～一六二四年没。安土桃山～江戸時代初期の武将。幼少より豊臣秀吉に仕え、数々の戦いで活躍、賤ケ岳《しずがたけ》の戦いでは七本鎗《しちほんやり》の筆頭として戦った。関ケ原の戦いでは家康側の東軍に属し、戦後に安芸国《あきのくに》（広島県西部）と備後国《びんごのくに》（広島県東部）を与えられる。

阿弥というのは、方外人《ほうがいじん》（世間の外の人）のことである。僧服をきたり、経を誦《よ》んだりせずともよく、妻子があってもいい。ただ頭はまるめる。いまひとつは、信仰の厚薄にかかわらず、★127時宗《じしゅう》（時衆《じしゅう》）の徒になることである。

時宗の開祖が★128一遍《いっぺん》上人（一二三九～八九）であることはいうまでもない。一遍は全国を遊行《ゆぎょう》し南無阿弥陀仏の念仏をすすめ、生涯で二百十万余の人に★129結縁《けちえん》したといわれているが、かれの巨大さは組織をつくらなかったことにある。つねに旅にあり、つねに遊行し、寺をもたず、教団をつくらなかった。念仏の教えは、★130法然《ほうねん》、親鸞よりも、一遍によって弘まったといえる。親鸞の子孫の蓮如の真宗教団は、★131都鄙《とひ》に散在する孤独な時宗信者を真宗の名のもとに集めた、という見方さえある。

一遍は鎌倉期の人だが、かれがはじめた時宗は室町・戦国期になると、ほとんど形骸化した。たとえば在野の学芸の徒が、みずから時宗の徒である（世間の外の者である）と身分設定することによって、権力者と同座することができた。あるいは権力者に物を教えたり、権力者のために遊芸をしたり、さらにはそういう才学芸能をもたぬ者は、単に権力者のために茶を運んだり、身のまわりの世話をしたりするようになった。

そういうひとびとを、室町幕府は、

「同朋衆《どうぼうしゅう》」

とよんだ。この語源については、江戸中期の故実有職家《こじつゆうそくか》の伊勢貞丈《いせさだたけ》（一七一七～八

★127 浄土宗の一宗派。一遍《いっぺん》によって開かれ、神奈川県藤沢市の清浄《しょうじょう》光寺《こうじ》を総本山としている。

★128 鎌倉時代中期の僧。延暦寺で天台宗を学んだのち、法然の孫弟子である聖達《しょうたつ》に浄土宗を学んだ。

★129 仏道に入る縁を結ぶこと。

★130 一一三三年～一二一二年没。平安末期～鎌倉時代初期の僧。浄土宗の開祖。比叡山に登り天台宗を学び、のちに京都の東山《ひがしやま》大《おお》谷《たに》で浄土宗を開いた。

★131 都会と田舎。

四）が『貞丈《ていじょう》雑記』にさまざまの説を紹介しているが、すべて外《はず》れている。貞丈は武士だから、浄土教の用語や慣習にうといのは当然だが、語源はごく単純なところにあるように思える。鎌倉・室町の時宗の徒は、同信のなかまたちを、

「同朋」

とよんでいたのである。似た例でいえば、社会主義国で、同志とよぶようなものである。この用語慣習は、時宗とはちがって教団宗教である真宗にもひきつがれ、いまでも真宗寺院にやってくる説教師が、本堂に詰めかけている檀信徒たちに、中だるみの空気が出てくると、いちだんと声をはりあげ、「御同朋《おんどうぼう》・御同行《おんどうぎょう》」とよびかける。同志諸君！というようなものである。

室町期の同朋衆は、日本文化に大きな貢献をした。能を創りあげたのは、室町幕府の同朋衆であった★132観阿弥《かんあみ》（一三三三〜八四）であり、大完成させたのはおなじく同朋衆であるその子の★133世阿弥《ぜあみ》（一三六三？〜一四四三？）で、将軍★134義満《よしみつ》に寵愛された。また将軍★135義《よし》政《まさ》の同朋衆には、生花《いけばな》の祖ともいうべき★136立《りゅう》阿弥、★137台《だい》阿弥がいたし、さらに茶の名手として★138能《のう》阿弥、★139相《そう》阿弥といった草創の達人がいた。

戦国の諸大名の職制においても、室町将軍家にまねて同朋衆の制度があった。ただし、室町将軍の同朋衆の場合のような、新文化の創り手や担《にな》い手として大きな足跡をのこした者はまず見あたらず、せいぜい殿中と奥（大名の家庭）のあいだを駆けまわって、大

★132 観世《かんぜ》流の始祖。猿楽《さるがく》の系統に田《でん》楽《がく》や曲舞《くせまい》の要素を取り入れ、能を大成させる。代表作に『自然《じねん》居士《こじ》』『卒都婆小町《そとばこまち》』など。

★133 観阿弥の長男で、父とともに能を大成させた。代表作に『高砂《たかさご》』『井筒《いづつ》』『班女《はんじょ》』など。

★134 足利義満。一三五八年〜一四〇八年没。室町幕府三代将軍。南北朝合一や、明《みん》（中国）との国交回復などを果たし、幕府の権力を確立させた。

★135 足利義政。一四三五年〜一四九

名の私用のたすけをなすしごとをしていたようであった。しかし、金阿弥はすこし毛色がちがっていた。

浜松時代の家康が、自分の同朋衆のなかから金阿弥という人物を十五歳の井伊直政に付けてやったのは、暮らしの面での便宜をはからせるだけでなく、教養の面での家庭教師としたのではないかと思ったりする。

金阿弥は、相当な人物だった。

前述の「彦根古絵図」を描いたのは、かれであったと言い伝えられているのである。絵図は、山河の鳥瞰図《ちょうかんず》である。画面の中央をなしているのは、かつて石田三成の居城だった佐和山《さわやま》城であることに注目したい。直政一代は佐和山城に居た。だからそれを中央にするというのは当然だという言い方もできるが、しかしよく見ると、絵の説明には「佐和山」と書かれずに、単に「古城」とだけ記《しる》されている。井伊家の「御城」というものは画面のどこにもない。画面では彦根城はまだできておらず、「御城」といったような記入もなく、ただ山を描いて「彦根山」と註記されているだけである。察するに、図は、直政の死後、彦根山に築城されることがきまった時期に、金阿弥が、やがて山河の様相が変るのを多少不安に思い、あるいは惜しみ（と想像する）、山野を歩きまわり、改変される以前の景観を絵としてとどめるべくこれを描いたのかもしれない。

○年没。室町幕府八代将軍。はじめ弟の義視《よしみ》を養子にして後継者と定めたが、のちに妻の日野《ひの》富子《とみこ》が実子の義尚《よしひさ》を産んだことで後継者争いが勃発《ぼっぱつ》。応仁《おうにん》の乱の一因になった。

★136 生没年不詳。将軍足利義教《よしのり》、義《よし》勝《かつ》、義政の三代に仕えた。

★137 生没年不詳。生け花の草創期において活躍した人物の一人。立阿弥とともに足利義政に仕えた。

★138 一三九七年～一四七一年没。室町時代の画家、連歌師。将軍義教、義政に仕え、水墨画などの実務や指導のほか、唐物《からもの》の鑑定にもあたった。

★139 ?～一五二五年没。室町～戦国時代の画家。能阿弥の孫で、父の芸《げい》阿弥と三人合わせて「三阿弥」と呼ばれる。諸芸に才能を発揮し、中でも水墨画に優れていた。

金阿弥は、そういう感覚の人であったと想像する。立場として三成時代を惜しむということではないが、三成の「古城」については、こまかく地名や構造物の所在を描き、当時の武家屋敷や足軽長屋の密集地、鍛冶屋の集落、[★140]うまやの跡から、ここには蓮ノ池があったとか、一本松がはえていた、ということまでこまかく書いているのである。山河を惜しむ心こそ、人間が地上に生棲する基本的な文化といえるのではないか。

さらに、彦根山については、絵図の左にただの山としてえがいている。絵図以後に築城される彦根城の築城は思いきった規模のもので、山の稜線を削り、山中の各所に平地をつくるといった大きな土木がほどこされた。彦根山には彦根寺とか門甲寺などといった寺があった（絵図に存在する）が、築城にあたってとりこわされた。絵図ではそれらの寺々などの旧施設をすべて描いている。またふもとの田園は絵図までは「彦根村」とよばれてひろい田園をもっていたが、城下町を形成するため一カ村まるごとつぶされた。絵図は彦根村についても、じつにこまかい。たとえば築城前、村に「モウキガ淵《ふち》」という淵があったが、城下町づくりのときに埋立てられて武家屋敷町になった。その淵まで描きこまれている。

私は、金阿弥が地図マニアであったと言っているのではない。中世末期に生れて、近世初頭に生きた金阿弥に、山河と、人間の営みについての愛情があったことに驚いてい

★140 馬を飼育するための小屋。

るのである。

彦根山は、当時、内湖に面していた。内湖と本湖のあいだに大きな洲があり、四筋の川が洲を三つに分けていた。一ツ川、二ツ川、三ツ川、四ツ川とよばれていたが、絵図ではその四ツ川が本湖に流れこむあたりに、

コノ川口ハ至ツテ能《よ》ク魚ツキシ所也。

と、註記されている。註記は金阿弥が入れたのか、のちに絵図を写した者が入れたのか、どちらでもいいが、その後、井伊家になって城下町造成のために川道をすこし変えたために魚が来なくなった、という意味のことが註記されていることじたい、私どもは先人の感覚に敬意を表さねばならない。私どもの先祖は大した土木をやった民族ではなかった。しかし彦根山の切りくずしと城下町を造成した程度で、川口の洲における魚の生態が変ったということに留意するという、いわば知的にものをおそれる感覚をもっていたことに驚かされるのである。

金阿弥は、井伊直政が家康によって近江に封《ほう》ぜられてからだと思われるが、阿弥号をすて、花居清心《はないせいしん》という苗字と名を名乗るようになった。同時に、三百石という石取《こくと》りになっている。三百石といえば、井伊家の身代《しんだい》からみれば、高級官僚の資格をもつといっ

彦根古絵図

ていい。しかも、かれはなが年仕えた直政が死んでから、「古絵図」の註記によると、禄を返上して、村にひきこもってしまっている。

　御暇《おいとま》申上げ、在所へ引籠《ひきこも》り罷在《まかりあ》り。直孝《なおたか》公御代にも度々★141御目見得《おめみえ》に参上云々。

花居清心（金阿弥）については、以上のようなことしかわからない。それから察するに、よほど無欲な人であったことがわかる。封建時代の家禄は、本質的なあり方として子孫へゆずりわたしてゆくべきものであった。ふつう、子がなければ養子取りをして自分の老後を養わせた。花居清心はそれらをすべて放棄した。

花居清心についてさらに想像できるのは、藩祖直政が成人してからその政治むきの相談相手になっていたのではないか、ということである。直政はそういう労にむくいるのに、三百石をもってしたと考えられる。戦国の体制そのままであった慶長年間の藩にあっては、武士の石高は、軍役《ぐんえき》のためにあり、三百石なら平素何人かの戦闘員を養い、合戦のときそれを★142引具《ひきぐ》して三百石ぶんなりの戦闘力を発揮した。花居清心はこの時代には例外的な文官《ぶんかん》という職だった。戦場には出ず、人馬を養う必要もないということを思うと、三百石はよほどの高禄である。花居清心の功労の大きさを思い量《はか》ることができるのである。

★141 将軍に謁見《えっけん》すること。また、その資格を持つ者。

★142 一緒に連れて行く。引き連れる。

直政の死とともに家禄を返上したというのも、尋常なことではなかった。さらに、直孝の代になっても城に遊びにきて——おそらく直孝がしばしば招《よ》んだのであろう——物語などをした形跡があるという一事でも、花居清心の人柄をうかがいうる。

花井という苗字は三河にあり、家康の直参にもその族党の者が何人かいる。金阿弥が、扶持《ふち》取り一代かぎりの同朋衆から石《こく》取り（家禄）の身分になったとき、苗字を名乗ったはずだが、そのとき、花井氏の分家として——想像だが——井を居にしたのかもしれない。

近江人の心の一つの系譜として、退隠の文化があるように思える。後代の★143中江《なかえ》藤樹《とうじゅ》のように、百石の★144郡奉行《こおりぶぎょう》でありながら、脱藩して故郷にもどり、高島郡小川村で生涯、★145陽明学を講じてすごすといった退隠の気分の伝統は、藤樹よりも以前の人ながら、清心の中にもそういう気分がうかがえる。この温暖な風土にくるまれると、ついほのぼのと村《そん》居《きょ》したくなるということであろうか。

翌朝、予定よりも早く目がさめてしまった。

朝食までのあいだに彦根城にのぼってみようと思いたち、フロントまで降りると、すでにコートを着て帰り支度のまま自動ドアにはさまれるようにして、戸外の風の中に半身を出している秦さんを見た。どこか花居清心に似ていた。

★143 一六〇八年～一六四八年没。江戸時代前期の儒学《じゅがく》者。はじめ朱子学に傾倒するが、王陽明《おうようめい》の著作に出合い陽明学に転じた。日本陽明学の祖となる。

★144 江戸時代、各藩に置かれて農民の統制や年貢《ねんぐ》の収納など、農村の政務を司った者。

★145 ようめいがく＝中国明《みん》代の思想家王陽明が唱えた学術思想。朱子学の理想主義に対抗して、実践主義を重んじた。

声をかけて、彦根城に登ろうと思っている、というと、

「わいも、そう思うてた」

羽毛のようにはかなげな声音《こわね》でいった。どうも花居清心とかさなってしまう。彦根城を見るというのは、やはり故郷の象徴だからであろうか。登って、その足で東京へ帰るという。生家には寄らない。秦さんの生家の寺はこのあたりのどこかの山の上にあるはずで、山村であるのと、檀家の数が極端にすくないため、立ちゆかぬほど貧しい寺だったときいている。少年期に山を降りて、里の八日市中学校に通《かよ》った。以後、山寺での暮らしはなくなった。このひとは、現役を了えると、待ちかねたように、★146梵語《サンスクリット》を習いに通いはじめた。梵語で仏典を読むためだった。あるとき、成果をきくと、

「あれは、この齢ではむつかしすぎるがな」

と、どうやら初等コースだけでおわりにしたいような気配《けはい》だった。このひとも、清心、藤樹、あるいは須田画伯にとって齢下の師だった抽象画家長谷川三郎などの場合と同様、村居したかったようだが、すべき村をもたなかった。その代りとして、少年のころ尊父から教えられた仏典を読もうとしているように思われた。

タクシーをひろって朝の彦根の街に入ると、古い家並がういういしかった。湖の水あかりのせいかもしれない。

★146 古代インドの言語。造物神ブラフマン（梵天《ぼんてん》）が作った言語という意味でこの字が用いられる。

御《ご》家中《かちゅう》

彦根城につくと、どこかから落葉を焚く煙がただよってきた。冬の朝のにおいがした。私は、石段がつらい。大息をつきながらのぼるうちに、石段の上から十数人の人達が降りてきた。

みな五十年配《ねんぱい》の紳士たちで、そろって銀行の外為部長か調査部長のような顔をし、制服のように地味な背広にコートといった姿である。みな無口だが息が合っており、ごく自然にかたまりつつ、足どりをあわせておりてくる。おなじ会社の人達にちがいない。石垣の上の大きな冬木が枝をのばして、天蓋《てんがい》のようだった。

(御家中だな)

と、不意におもった。私のように浪人ではない。

無用なことながら、『広辞苑』によってその意味を引用しておく。

国宝に指定されている彦根城

家中《かちゅう》　江戸時代、藩の家臣の称。藩士の総称。また、藩の意。

いまでも旧城下町にゆくと、話題が方言のことになったりする場合「ええ、それは町《まち》方《かた》のことばですね、しかし御家中ことばではそうは言いません」といったぐあいに生きてつかわれている。

ともかくも、現在でも、大会社などでは、御家中といった感じの文化が生きている。このひとびとは、朝、わざわざ彦根城を見物するということからみて、地元の人ではなく、全国の担当部長さんが昨夜彦根にあつまって会議などをしたのかもしれない。

城内の石段が背景だけに、江戸時代が生きているというあざやかな印象があった。背広が裃《かみしも》★147に見え、なかにはひたいがぬけあがってそのまま月代顔《さかやき》★148の人さえいる。むろん、姿ではない。会社がもつ「文化」が共有されているということである。一様に折り目だしく、御目見得《おめみえ》以上の上士★149が下城《げじょう》してくるという感じである。

私はそのことに愉快も感じた。同時に、小さなショックもうけた。日本人というのは、他のアジア人や欧米人からみて、しばしば〝御家中〟という印象をあたえているのであるまいか。住友の御家中、三菱の御家中、三井の御家中。……その御家中になりたさに、日本には、受験という異常な社会現象がある。

もっともそこに、一人だけ異色な人がいた。顔つきや年配は似ているのだが、コート

★147　江戸時代における武士の正装。上衣の肩衣《かたぎぬ》と下衣の袴《はかま》が同色同質の共布でできている。

★148　男性の髪形で、前額から頭の中央にかけての頭髪を半月形に丸く剃《そ》ったもの。

★149　じょうし＝身分の高い武士。

が他の人のように儀礼的な色合いでなく、単に挨《ほこり》よけといった感じで、それに視線がしきりに事物にむかって移動している。他のひとたちは、視線まで一様に足もとにおとしている。歩度もそろっている。その人物だけは、ひとめみて他の文化をもっていた。

「川口君」

私はおもわず声をあげた。かれは私どもの仲間だった。昨夜、彦根で一泊したい、といって東京からきて同じホテルで酒を飲んだのである。朝早く彦根城にのぼったらしい。その足で米原駅へゆき、東京ゆきの新幹線に乗るつもりらしいが、ともかくかれは偶然、この一団にまじっておりてくる。どうみても異分子であることがおかしかった。しかしかれの場合も、その所属会社の同年配の仲間たちと彦根城の石段を降りさせれば、やはり似たような文化的衝撃を私にあたえるのではあるまいか。ただしかれの会社は新聞社だから、この一団の紳士たちを江戸中期以後、藩文化が熟成したころの御家中であるとすれば、戦国の名残りの残った慶長・元和《げんな》のころの御家中で、多少は雑然とした感じであるかもしれない。

井伊《いい》家についてのべてみたい。

とくにその藩風を決定した直孝《なおたか》(一五九〇~一六五九)についてふれておく。

井伊家は、藩祖直政《なおまさ》の死後、直継《なおつぐ》(直勝《なおかつ》)が継ぎ、この城の城築工事をはじめたが、その在位はみじかく、直政の才質と精神を継いだのは、三代目の直孝であった。直孝は庶子であったが、家康がその統率力を買い、嫡子の直勝を安中《あんなか》城主にして、彦根の家督をつがせた。家康にすれば、井伊氏をもって平時は幕政を綜覧させ、戦時は徳川軍の先鋒にすると決めている以上、凡庸で多病な直継ではどうにもならないと見たのである。

もっとも直孝は当初、かたく辞退した。

——庶子は家来でございます。家来が主《しゅ》を凌《しの》ぐことは人倫にもとります。

といったらしいが、家康はきかなかった。将軍が大名の相続に介入するのはふつう避けるのだが、この場合、異例だった。

直孝は相続以前から、家康の命で井伊軍を指揮しており、★150大坂冬ノ陣にも出役《しゅつえき》した。★151夏ノ陣での軍功のはなばなしさは、亡父直政をしのばせた。さらには、★152城方の七将のひとり★153長曾我部《ちょうそかべ》盛親《もりちか》が、落城後、捕えられて家康の前にひきすえられたとき、直孝は亡父直政が敗将石田三成に対して礼を厚くしたように、盛親に対して粗野ではなく、盛親の縄を解いて座敷にあげ、食事を供した。このとき、盛親は敗将として河内《かわち》平野における野外戦を回顧した。

「当初は、勝っていた」

と、いった。たしかに、盛親は総勢五千をひきいて城を出て東進し、西進してくる家康の先鋒である★154藤堂高虎《とうどうたかとら》の軍と遭遇した。両軍はほぼ同数ながら、盛親は藤堂軍をこっ

★150 慶長十九（一六一四）年冬、徳川家康が京都方広寺《ほうこうじ》の鐘銘を口実に豊臣氏を攻めた戦い。決着がつかず、一旦和議が結ばれた。

★151 元和元（一六一五）年夏、冬ノ陣で結んだ和議の内容を無視し、徳川方が大坂城の内堀を埋めたため、再開された戦い。大坂城は陥落し、豊臣秀頼とその母淀《よど》殿《どの》は自刃。豊臣氏は滅亡した。

★152 「大坂城七将星」のこと。ほか

ぱみじんに破った。が、盛親と連繫してべつの街道を併進《へいしん》していた★155木村重成《きむらしげなり》の軍が、おなじく徳川の先鋒である井伊直孝の軍にやぶられ、退却したために孤立し、やむなく城内にひきかえしたのである。

　この状況を、盛親は、

「赤武者のむれが出てきたために、様子がかわった」

といった。直孝はことばやさしく、その赤武者どもはわれらでござった、というと、盛親は感慨ぶかげに直孝を見つめていたという。当時、直孝は二十代の半ばすぎだった。

　直孝は、幕政の担当者としては父直政以上であったかもしれない。かれは家康に父同様愛され、また家康死後の幕府守成期をささえ、しかも長命し、秀忠、家光、家綱に歴仕し、家光の代に「大老」になった。

　直孝は父と同様、民政家でもあったが、父もそうであったように、容赦のないきつさもあった。

　かれが若い城主であった時期、まだ彦根城は造営途中だった。この築城はいそぐ必要があった。将軍が上洛する場合の宿とせねばならず、西国で反乱がおこった場合の戦略拠点として幕府から重視されていた。直孝は、普請上の怠慢をゆるさなかった。ひとがなまけていたり、作業規律をみだしたりしていると、すぐさま斬刑に処した。

に木村重成《きむらしげなり》、後藤基次《ごとうもとつぐ》、真田幸村《さなだゆきむら》、毛利勝永《もうりかつなが》、明石全登《あかしてるずみ》、大野治房《おおのはるふさ》ら。

★153 一五七五年～一六一五年没。土佐国（高知県）の大名長曾我部元親《もとちか》の四男で家督を継ぐが、関ケ原の戦いで西軍に属し、戦後領地を没収される。大坂ノ陣で豊臣方につき、京都の六条河原で処刑された。

★154 一五五六年～一六三〇年没。伊勢国津《いせのくにつ》藩の藩祖。浅井長政《あさいながまさ》、羽柴秀長《はしばひでなが》、豊臣秀吉らに仕えた。秀吉の死後は徳川家康に近づき、関ケ原の戦いや大坂ノ陣で軍功をあげる。

★155 ?～一六一五年没。豊臣秀頼に仕え、大坂冬ノ陣の講和の際に豊臣方の正使を務めた。大坂夏ノ陣において戦死する。

「左迄《さまで》の事も無きに数多《あまた》きられし故、人々恐入《おそれいり》、出精《しゅっせい》し、数年かかるべき御普請、間もなく出来《しゅったい》せしといふ」と『淡海落穂集《おうみおちぼ》』中巻にある。

『淡海落穂集』は江戸中期に成立した近江の国についての歴史的な事実をあつめたもので、とくに町村の沿革などに重点がおかれている。著者や年代はわからないが、行政にあかるい大庄屋階級か、御家中とすれば勘定方あるいは郡《こおり》奉行などの経験者が筆者ではないかと思ったりする。文体は温和で、それだけに、直孝には怖れをこめて書いている。以下のように、『淡海落穂集』はいう。

直孝公は乱国の将なるが故に、人を殺す事、物の数《かず》とも不思召《おぼしめさず》……。

むろん、直孝は私情で斬ったことは一度もなく、初代直政と同様、領国・領民を世話する絶対王政の主宰者としての痛烈な合理主義を規準にしていただけのことである。刑罰を多用しつつも、直政と似て陰湿な性格や行動がなく、そのため畏怖されても嫌われることがなかった。

風貌も直政と似ていたかもしれない。絵像の初代直政は、八字ひげを鼻下《びか》ではなく頰ぢかにはやして、どこか毛深そうである。物言いや動作はゆったりした人物だったようだが、どこか癇気《かんき》を蔵している。

井伊直政画像

直孝も、多毛だった。

かれは江戸城でひそかに、

「夜叉掃部《やしゃかもん》」

というあだなをつけられていたらしい。掃部頭《かもんのかみ》はいうまでもなく井伊家の世襲の官名である。加藤清正の江戸屋敷を、加藤家の絶家後、拝領したから、そのひげは清正に比せられたりした。

直孝は頬ひげだけでなく、腕にまで黒毛がはえていたらしいことは、朝鮮国の使者が見ている。家綱が将軍になったとき、将軍の代がわりごとに聘《へい》せられる恒例の朝鮮信使《しんし》（通信使）がこのときもやってきて、江戸城で家綱と会見した。家綱のまわりには、四人の重臣（井伊直孝、★156保科正之《ほしなまさゆき》、★157酒井忠清《さかいただきよ》、★158酒井忠勝《ただかつ》）がいた。この光景について、通信使の随員のひとりである南竜翼《なんりゅうよく》が、『壺谷扶桑録』という紀行文を書いている。いま身辺をさがしてこの本を見つけようとおもったが、見あたらないので、以下『彦根市史』上冊から孫引《まごびき》する。

直孝、状貌豊偉、臂《ひじ》（註・腕）に遍《あまね》く毛を生ず。深く多智を見る。執政中、最も傑《ママ》驁なるものなり。年七十二、而して兵権最も重し。

★156 一六一一年～一六七二年没。陸奥国《むつのくに》会津《あいづ》藩（福島県）の藩祖。徳川秀忠の四男として生まれ、信濃国高遠《たかとお》藩主保科正光《まさみつ》の養子となり、のちに会津二十三万石の領主となった。将軍徳川家綱を補佐して幕政を主導し、藩政でも優れた手腕を発揮した。

★157 一六二四年～一六八一年没。屋敷が大手門外の下馬札《げばふだ》近くにあったことから「下馬将軍」と呼ばれるほどに、将軍家綱の補佐役として権勢を振るった。

★158 一五八七年～一六六二年没。将軍徳川家光に仕え、彼の遺命を受けて家綱の補佐にもあたった。幕政の確立と発展に貢献した。

簡潔ないい文章である。

ただ傑という漢字は存在しないようで、べつの文字の写しまちがいかもしれない。鷔《ごう》は駿馬のことである。柔順でなく傲《ごう》然としているという語意があって、相手をほめつつもわずかに悪意がこもる。朝鮮通信使じたい、つねに日本人に対して傲慢の風があり、通信使たちの文章にも、倭人への蔑視のにおいがつよい。それにしても直孝という人物の印象に「鷔」という文字をつかったのは、たとえ悪意であってもあたっている。「執政のなかでは、こいつだけはしたたかなやつらしいな」ということである。

直孝が多毛であることをわざわざ書いているのも、興味がある。朝鮮人と日本人は体形・顔つきが酷似しているが、ちがいをいえば体毛の多寡《たか》がある。朝鮮人には腕やすねに毛がないか、つるりとして薄い人が多いが、日本人にはしばしば胸毛、腕の毛、すね毛の濃い人が多い。

（ほほう、この倭将は腕にまで毛がある）

と、南竜翼は、直孝において多智を感じつつも、腕の毛の多さに倭人らしい形質を見たのかもしれない。

「而して兵権最も重し」というのは、直孝が文官として幕閣の首座にすわりつつ、武官として徳川軍の先鋒たる兵権をもっていることを言いあらわしている。直孝の人物、容貌、地位の特徴をこれほど的確に表現した文章はない。ただ七十二歳というのはあやま

井伊直孝画像

りかとおもえる。当時、直孝は六十代の後半である。

以上は直孝の晩年の風姿である。若いころに触れたい。かれは若くしてすでに政治的な資質があった。その政治思想をつらぬいているのは直政以来の徳川家への忠誠心であったが、むしろそのわく、もしくは信条があったからこそ、かれの政治力は光彩を発揮したともいえる。

三代将軍家光のとき、なお戦国生きのこりの大名である仙台の★159伊達政宗《だてまさむね》（一五六七～一六三六）が幕閣からおそれられつつ、江戸城に登・下城していた。かれは、本来、自立者であった。かれの奥州の領土はみずから切り取ったもので、ひとからもらったものでもない。ただ、中央に秀吉や家康が勃興したためやむなく隷属《れいぞく》したにすぎず、それだけに英雄的気概がつよかった。

関ケ原の前夜、家康は関東を奥州にむかって行軍していた。途中、上方《かみがた》で石田三成が挙兵したという報に接し、軍を転じて西上せざるをえなかった。一方、奥州においては会津《あいづ》の★160上杉景勝《うえすぎかげかつ》が石田方であり、これに対し、政宗が牽制していたが、家康にとっては景勝だけでなく、むしろ政宗そのものが不安だった。このため政宗の心を攬《と》るべく、署名と黒印《こくいん》を捺《お》した公文書を送り、およそ四十九万五千石を加増《かぞう》する旨、約束した。もし約束どおりに家康が履行すれば、政宗の封土《ほうど》は百万石を超える。が、家康にあざむかれ

★159 安土桃山～江戸時代初期の武将。出羽《でわ》（山形県、秋田県）を中心に勢力を拡大し、奥州《おうしゅう》を制覇する。仙台藩の祖となった。

★160 一五五五年～一六二三年没。安土桃山～江戸時代前期の武将。上杉謙信の養子。豊臣秀吉に仕え五大老の一人となり、会津百二十万石を領した。しかし関ケ原の戦いで徳川家康に敗れ、出羽米沢（山形県）三十万石に減封《げんぽう》となる。

た。

そのときの家康の公文書の文旨は、伊達家に保存されている。『伊達政宗卿伝記史料』では、★161刈田《かりた》、★162伊達《だて》、★163信夫《しのぶ》、★164二本松《にほんまつ》、★165塩松、★166田村、★167長井の七カ所を政宗の本領に加えるという。文面は、以下のようである。


右七ケ所、御本領之事候間、御家老衆中へ為可被宛行進之候、仍如件。


が、家康は関ケ原の戦勝で天下をとってしまうと、知らぬ顔をきめこんだ。

政宗も、家康・秀忠の存命《ぞんめい》中はその勢威を憚《はばか》って言わなかったが、三代目の家光の代になると、相手が若く、それをたすける老中たちも政宗からみれば小僧のようなものであり、死にみやげに四十九万五千石をむしりとってやろうとおもった。

政宗はわざわざ登城して将軍や老中に会い、

「私はこういう御墨付《おすみつき》文を頂戴している」

と、半ばおどした。政宗がもっている家康文書がにせものでないだけに、みな困惑した。とくに政宗は外様《とざま》大名の最古老であり、諸大名からも畏敬されていて、かれを怒らせることは、せっかく固まった幕政の基礎をゆるがすことにもなる。

ともかくも、幕閣は政宗に追い詰められた。

★161 宮城県南西部の地名。現在の白石市と刈田《かった》郡蔵王《ざおう》町、七《しち》ケ宿《しゅく》町のあたり。
★162 福島県北東部の地名。現在の伊達市・伊達郡のあたり。
★163 福島県北方に存在した旧郡名。現在は福島市に含まれる。
★164 現在の二本松市のあたり。福島県中北部にある。
★165 福島県に存在した郡。現在の二本松市の一部と安達《あだち》郡の阿武隈《あぶくま》川東岸地域にあたる。
★166 現在の田村市の辺り。福島県中東部にある。
★167 現在の長井市の辺り。山形県南部にある。

当時、直孝は家格として老中筆頭であったが、齢はどの同僚よりも若く、まして政宗からみれば伜《せがれ》のような齢であった。かれはみずから事にあたるべく諸老の諒解を得、単身、伊達家の江戸屋敷にゆき、政宗に対面した。

直孝は、いった。しばしばおおせられる東照大権現《とうしょうだいごんげん》★168の御墨付、まことなりや、拝見つかまつりたい。この対面は、公式の会談といってよく、政宗としては見せざるをえなかった。直孝はその紙片をしばらく眺めていたが、やがて引き裂き、火中に投じてしまった。政宗が形相《ぎょうそう》を変えて立ちあがったが、直孝は水のように静まったまま、

「伊達の御家のために、御無用にして有害なるもの」

と、いった。直孝がいうのは、もしこれ以上、この一件について御言募《おいいつの》りなされば、かえって伊達家にわざわいが及ぶ、ということである。「わずか百万石加増の御墨付一枚のために、六十余万石伊達家をお滅ぼし遊ばすのはいかがなものか」。政宗は悔悟し、

老夫過《あやま》てり。所謂負ふた子に教へられて浅瀬を渡る也。

といったという。

また以下のようなはなしもある。

家光の時代、朝鮮に大飢饉があり、救援を乞うてきたため、幕議で米麦を送ることに

★168 徳川家康の神号。家康が亡くなった翌年、第百八代天皇の後水尾《ごみずのお》天皇から贈られた。

した。その数量を石《こく》であらわすことになったが、直孝はひとり船の数で量《はか》ることを主張した。理由として、石で数量記録すると、もし後代、同様のことがあって送る場合、その石数《こくすう》が先例になる。そのとき日本が豊作ならいいが、不作の場合、石数を減らして送らざるをえない。となれば外交上、先方の感情を害する、という。その点、船何艘《そう》ならば、船には大小があり、豊凶にかかわらず将来も船数《ふなかず》を先例どおりそろえることができる、というのである。閣議は、それに従った。

また、以下のような咄《はなし》もある。

ただ、私は典拠を知らない。彦根の郷土史家中村達夫氏が『彦根藩侍物語』（昭和四十八年・八光社刊）に書かれていることである。大坂夏ノ陣で抜群の槍の功をたてた八田金十郎という者と、彦根の町奉行の大久保新右衛門とが不和になり、事態が尖鋭化し、家中《かちゅう》の一部が両派にわかれ、騒動寸前にまで発展した。

当時、戦国の余風がのこっていて、どの藩でもこの種の騒動が多かった。

事件の当事者のひとりである大久保新右衛門は、人柄もよく、名奉行でもあり、千二百石の大身《たいしん》でもあった。これに対し、八田金十郎は五百石である。しかし夏ノ陣の戦場で異数の武功があり、感情家で名誉心も異常につよかった。この事件は金十郎の意地っ張りから出たことだが、新右衛門も武士としてあとにひけず、双方の親類・友人がそれぞれに味方し、城下に血の雨が降ろうとした。

直孝は夜陰★169、総登城《そうとじょう》を命ずるという、異例のことをやった。

城下や郭内に無数の提灯がうごき、やがて家臣ぜんぶが城内の大広間にあつまると、直孝が出座した。かれは、無言だった。やがてひとびとの膝のあいだを踏み通って大久保新右衛門の前に出、いきなり戦場ふうに武者あぐらをかいた。

「新右衛門、このたびのこと腹に据えかねることであろうが、かの金十郎は去る大坂ノ陣にて槍一番のはたらきをした男である。わしにとっては惜しき者ゆえ、このわしに免じ、ならぬところを堪忍してくれまいか」

新右衛門としては主人にこのように懇切に頼まれては否《いな》ともいえず、また直孝の言葉に従うということによって、たとえ決闘を避けても不名誉ではないという立場を得た。

直孝は、若年ながら武士の心というものをおそろしいほどに知っていた。

直孝はさらに下座のほうにゆき、金十郎の前では片膝だけをつき、中腰のまま、金十郎の武功をたたえ、かつ行政者である新右衛門が亡くなればわしがこまるのだ、といった。

この叙述で著者の中村達夫氏がきわだっているのは、直孝の所作を書きわけてふれていることである。千二百石の新右衛門の前では、直孝は戦場での作法であるところの「武者あぐら」をかいた。というのは、新右衛門を対等者として遇した。その所作を見るだけで、新右衛門は感動したにちがいない。

★169 やいん＝夜中。夜分。

それに対し、金十郎の前で片膝をつき、中腰のまま声をかけたのは、戦場で上級者が下級者に対してとるしぐさである。直孝が見くだしたわけではない。「お前は五百石取りなのだ。新右衛門とはちがう」ということをしぐさで示しつつ、べつの暗喩《あんゆ》もこめた。小禄だが、しかし小禄だけに「そこもとはわが郎党だ」という源平以来の武士の世界の主従というものの親しみをこめた所作を示したのである。平伏している金十郎は、直孝のこの所作だけで感動したにちがいない。むろん、金十郎は感じ入って、決闘を撤回した。

「御家中」

というものは、そういうものである。すくなくとも、一藩の「家中文化」が成立するにはこのような類いの歴史が大小となく無数にこめられている。そういう文化が、近代社会になってもぬけるものではないのである。

浅井《あさい》長政《ながまさ》の記

そのあと、ホテルで昼食をとっているとき、姉川《あねがわ》へゆこう、と思い立った。

姉川は、川の名である。琵琶湖に流れこむ最大の河川として湖東平野の北部を流れている。

姉川は、川の名としてよりも、古戦場として名をとどめた。

姉川合戦というのは、元亀《げんき》元（一五七〇）年六月の暑い日におこなわれた。

姉川をはさんで北方に布陣した浅井《あさい》（近江《おうみ》）・朝倉《あさくら》（越前《えちぜん》）の連合軍は、一万八千である。

これに対し、南岸の野に展開した織田（尾張《おわり》）・徳川（三河《みかわ》）の連合軍は二万九千で、一万人とすこし多いが、兵の強弱でいえば、当時、近江兵や越前兵は、尾張兵よりつよいとされていた。

姉川古戦場を訪れた司馬さん

私は、姉川付近の地図を見た。

姉川の北岸の田園は、★170浅井町である。郡名も、(東)浅井郡であり、この地名はふるい。私どもはアサイというが、土地の人はアザイと言う。

江戸中期、京の下鴨神社の神官で鴨祐之《かものすけゆき》という考証家があった。その著に、諸国の地誌を論証した『大八洲記《おおやしまき》』というのがあるが、そこでは訓《よ》みが「阿座膽《あざゐ》」となっている。

この地に、戦国期、霧が湧くようにして浅井氏という大名が勃興したのは、えたいの知れない思いがする。

本来、室町期の近江は、守護大名佐々木氏が二家(六角《ろっかく》氏・京極《きょうごく》氏)にわかれ、そのうち北近江は京極氏が支配していた(京極氏はほどなく衰微する)。亮政《すけまさ》(?～一五四二)の当時、「浅井ノ荘《しょう》」といわれた中世以来の荘園が、京極氏のじかの領地であったかというと、そうではなく、じかの領主がべつにいた。じかの意味では、浅井ノ荘は、平安時代以来、寺社の領地であることがつづいた。室町期には京の妙法院領だったこともあり、奈良の興福寺領、春日大社領、伊勢神宮領(御厨《みくりや》)、多賀大社領であったこともある。

戦国は、★171押領《おうりょう》の時代である。

守護・地頭といったものは、室町の官制によるいわば正規の武家である。かれら以外

★170 現在の滋賀県長浜市。

★171 他人の領地などを力ずくで奪い取ること。

に、全国的な農業生産の向上とともに、百姓が武装し、その階層から国人《こくじん》・地侍《じざむらい》とよばれる富農層が出てきて、体制外の武士になった。かれらは郷村郷村《ごうそん》の境いをかたくし、小さく独立して互いに横につながり、貴族化した室町的な守護・地頭という上部と対立しつつ、その下についてもいた。浅井氏も、そういう国人・地侍だったのだろう。

浅井氏は、亮政のときに興隆した。おそらく、浅井ノ荘の寺社を押領したのであろう。寺社領などは武力をもたないために乱世には弱かった。

亮政は、梟雄《きょうゆう》★172といったたぐいの人であったらしい。かれは姉川流域の野を見おろす小《お》谷山《だにやま》に城をきずき、本拠とした。

「小谷どの」

などとよばれ、室町ふうの守護とは別趣の「大名」というものになった。

亮政が死ぬとき、織田信長はなお誕生後八年にすぎない。秀吉は五年か六年か、家康はそのとしのうまれである。あとを継いだ久政《ひさまさ》は器量なく、六角氏に圧され、兵威が大いに衰えた。家臣たちはこのままでは六角氏に攻めほろぼされることを憂え、久政の子の長政《ながまさ》(一五四五〜七三)がすぐれているのを見て、久政に説き隠居させ、長政を当主にした。長政は十六でしかなかった。

以後、江北《ごうほく》(愛知川《えちがわ》より北部をいう)の兵をひきいて江南《ごうなん》の六角氏の軍をしばしばやぶり、ついに南下して佐和山城をとり、江南の平野に大いに武威をふるった。かれの生

★172 残忍でたけだけしい人。

涯は二十八年というみじかいものであったが、政略はともかく、武将としては、統率力と機略、胆力などあらゆる点で第一級の人物であったといえる。

『浅井三代記』

は、北近江の領国大名として勢威をふるった浅井氏の亮政、久政、長政の三代の興亡を書いたものである。

成立は江戸初期をすぎた一六七〇年で、筆者は伊香郡木之本の浄信寺の僧遊山という者である。人の手をへて加賀《かが》前田《まえだ》家に贈った。前田家は、戦国の興亡記や武力の実歴譚をよくあつめていた。

内容は北近江の土地の言い伝えが豊富に入っていておもしろい。しかし『太平記』[★173]流の文体の模倣が巧みすぎるのか、模造品のようにつるつるしていて質感にとぼしいのが、残念である。とくに軍談に架空談が多く、史料価値が高いとはいえない。

しかし長政の人間についてふれられているあたりは、たとえ事実でないにしても、かれの本質がただよう感じが濃い。

長政は、少年のころから、統率者としての父の久政に不満をもっていた。父久政は、室町体制の守護大名である六角氏の武力と権威に畏敬するところがつよかったが、長政にはそれがない。もっとも長政は少年にすぎなかったが――。

浅井長政画像

★173 たいへいき＝後醍醐《ごだいご》天皇の討幕計画から南北朝の混乱までを描いた軍記物語。

このあたりが、人間というものの微妙なおもしろさであるといえる。戦国の成りあがりの浅井家も、三代経った長政の代になると、感覚として六角氏の権威が通じなくなっており、近江の守護といってもわが家と同格ではないか、と思っていた。

『浅井三代記』によると、長政は、父よりも、むしろ英雄的な祖父にあこがれ、その再来であろうとした。以下、そのくだりを直訳する。

まだ御年《おんとし》十にも足らせ給わぬのに、家中《かちゆう》で名のある者を訪ねては会釈《えしやく》をし、武士の働きを聞き、また祖父亮政の軍《いくさ》の様子をたずね、朝夕、いにしえをのみ慕い給うた。また父久政に対してうらみをふくんでいる者のもとに行っては、その心をなだめ、うらみの次第などをきいた。このため、国中の諸士、世の尋常《つね》ならぬ若者であるとして尊崇すること、父久政を超えた。

このくだりでの長政が、「十にも足らせ給わぬ」というのは誇張かもしれない。しかし十四、五のころには、したたかな志の芽生えがあったことはたしかなようである。

父久政は、六角氏への依存を強くしようとし、六角義賢《ろつかくよしかた》★174（承禎《じようてい》入道）に、

「長政のために姫君をたまわりとうございます」

などと乞うたらしい。その結果、六角氏の六宿老のひとりである平井加賀守の娘との

★174 一五二一年〜一五九八年没。近江観音寺《かんのんじ》城主として、近江南部で勢力を振るった。弘治三（一五五七）年に仏門に入り長男に家督を譲ったが、その後も実権を握り続ける。しかし京都に上る織田信長と敵対し、これに敗れた。

縁談が成立し、やがて十五歳の長政の妻となる娘が輿入れしてきた。

花嫁の実里《さと》の平井氏は、近江高島郡平井から出ていて、佐々木の一族であり、家格は高かった。しかし、長政は、平井ごときは六角の★175陪臣《またもの》ではないか、と軽侮していた。このあたり、長政の性格というより、少年期にしばしば見られる格差感覚だったのかもしれない。――ふと思うことだが、かれの生涯、この無用の感覚（物事を見る能力を腐らせる格差感覚）が成人しても消えることなく、刃物の破片のように心の中に凄《す》みついていた。

父久政は「心鈍き」（『浅井三代記』）人物だったかもしれないが、気概のありすぎる長政を危んだのか、祝言《しゅうげん》のあと、

「江南《ごうなん》へゆき、しゅうとである加賀守（平井）どのと親子の盃《さかずき》をせられよ」

と、命じ、事を運んだ。

長政は、従う気はなかった。この時期、少年ながら当主になっていたから、自分の進退を自分で決めてよいとおもった。かれは老臣の遠藤喜右衛門、浅井玄蕃允《げんばのじょう》をよび、わしは行かぬ、といった。

佐々木（六角氏）が家臣平井加賀と聟《むこ》となるさへ口惜存《くちをしくぞんじ》、いかゝと思ひ候へども、父の命の背《そむ》き難《がたく》て過《すご》せしに、今剰《あまつさ》へ江南へ立越《たちこし》、平井と親子契約を可レ仕《つかまつるべし》との儀、

★175 家来のそのまた家来。

以《もつ》ての外の所存なり。

平井ごときの婿になることの口惜しさよ、ということを長政が本当にいったとすれば、まことに格差意識がはげしい。ただ、つぎのことばが壮大である。

惣《そう》じて弓馬《きゆうば》の家に生を請《うく》るよりしては、其治乱の首尾《しゆび》を窺《うかがひ》、天下に旗をあげ、武門の棟梁をも心掛けてこそ武士の本意なるべし。其《その》一国の内をさへ治《をさめ》かねる平井などに縁を組事《くむこと》、前代未聞の志《し》ハざなり。

しかし思い直せば、十五、六という年齢なら、いまでも一クラスに幾人もこういう少年がいる。ただ、おかしさは、そういう少年が、浅井家の兵馬の権をにぎっているということである。この結果、平井氏の娘を返し、六角氏と断交した。その後、少年はよく戦い、よく勝ち、版図をひろげ、ついに愛知川を境界線として近江の北をもつにいたった。

その時期、すでに織田信長は尾張と美濃《みの》をしたがえ、勢力が大きくなっている。永禄十一（一五六八）年、信長は生年三十五、美濃に流れてきた★176足利《あしかが》将軍義昭《よしあき》を擁《よう》したこと

★176 一五三七年～一五九七年没。室町幕府最後の将軍となった第十五代将軍。はじめ僧侶となっていたが、兄の十三代将軍足利義輝《よしてる》が大和国《やまとのくに》の松永久秀《ひさひで》らに殺されたために還俗《げんぞく》。織田信長と結んで幕府を再興し将軍となったが、のちに信長と対立して京都を追われ、室町幕府は滅亡する。

で、天下への野望を示した。将軍を擁する者が、その執権になって天下の武家に号令することができる。義昭自身は、自分の非力と、自分のそういう価値をいやらしいほど知っていた。

★177『信長公記《しんちょうこうき》』によると、信長は義昭が流寓している美濃西庄《にしのしょう》の立正寺に行って義昭に拝謁し、義昭の近習衆《きんじゅう》のために銅銭千貫を末座に積みあげた。さらに義昭のためには、太刀、鎧、馬などを進上し、

「コノウヘハ、カタトキモ御入洛《ごにふらく》御急ギアルベシト、オボシメサル」

いそぎ京へお入りあそばせ、上総介《かずさのすけ》（信長）がひきうけまする、と言いきったのである。

京は、★178阿波《あわ》の兵をひきいる三好《みよし》党や松永《まつなが》党が占領している。それを追うことは容易であるとしても、道中、近江がある。それを打通するには、北近江の浅井氏と南近江の六角氏を何とかしなければならない。信長の政略は、浅井長政と結び、それと連合して六角氏を討って、将軍帰洛のための近江路を清掃することであった。

このとし、浅井長政の年は二十四である。四月、織田家から妻を迎えた。妻は、美人のほまれの高かったお市《いち》御料人であった。

浅井氏の居城が小谷であるため、織田家の家中ではお市のことを、

「小谷の方《かた》」

★177 織田信長の一代記。十六巻。作者は信長の家臣太田牛一《おおたぎゅういち》。信長の幼少期から京に上るまでを記した首巻と、そののちに本能寺の変で最期を遂げるまでの事績を記した一～十五巻から成る。

★178 現在の徳島県。

とよんだ。

信長が、妹のお市を長政に輿入れさせたのは、美濃の隣国である北近江を織田家にとって安全なものにしたいという政略からであったが、政略をこえて両人の仲はむつまじかった。お市は、果報だった。夫の長政は、こんにちその肖像画からみると、堂々たる体軀をもち、目鼻だちもととのい、また男らしくもあった。さらに長政の死までわずか五年間に、三女一男を生んでいる（長政にはもうひとり男児がいる。これは、お市の腹でなかったかもしれない）。三人のむすめのうち、まず茶々が淀殿になって豊臣秀頼《ひでより》を生み、於初《おはつ》が京極高次《たかつぐ》の妻になり、於江《おごう》は徳川秀忠の室になって三代将軍家光を生んだ。そのことを思うと、北近江の山城で閨室を共にした若い長政とお市という夫婦は、血液でもって日本史に参加したということになる。


流亡の将軍義昭は、いきなり信長のもとにきたのではなかった。かれは本来、奈良で仏門に入っていた。兄である将軍義輝《よしてる》が三好・松永党のために弑《しい》されたあと、奈良をぬけだし、まず南近江の六角承禎入道（義賢）をたよったが、好意を持たれなかった。やむなく脱出して若狭から越前に入り、★179朝倉義景《よしかげ》をたよった。義景は歓待したが、かれには義昭をかついで上洛するほどの自信はなかった。

義昭は買手をさがす商人のようだった。美濃の岐阜城にいる織田信長にその気がある

浅井長政室［織田氏］画像（お市の方）

★179 一五三三年〜一五七三年没。父の死により越前国の領国支配を受け継ぐ。姉川の戦いで浅井氏とともに織田信長と戦ったが、敗れて自刃。朝倉氏は滅亡した。

と知って越前を去った。

途中、北近江の小谷城に入って、新婚早々の長政の接待をうけた。が、この時期の長政は二十代の前半であり、その上、近江半国の力では義昭をかついで天下に号令するという実力はなく、美濃にゆく義昭を見送るしかなかった。長政には、おのれの実力の不足を無念に思う気持があったであろう。

そのあと義昭は美濃にゆき、信長と対面する。

信長は、美濃の立正寺で義昭と対面したあと、一カ月余りたった九月七日、早くも大軍をひきいて岐阜を発し、小谷城下で長政の軍と合流し、ともどもに南下して愛知川付近で一大野陣を張った。これに対し、六角承禎入道は、要塞戦に出た。居城の観音寺城《かんのんじ》を主城に、十八カ所の城々に兵をこめて対抗したが、信長はその手に乗らず、敵の城々に牽制《けんせい》部隊を置き、一カ城だけを一日で攻めつぶし、疾風のように観音寺城に迫ったところ、六角承禎入道は動転し、城をすてて逃げた。

信長は、ついに京に入った。京の支配勢力であった三好・松永の党は戦わずに逃げた。信長は、奇蹟を演じた。岐阜を出発してわずか二十日目に、かれは京のぬしになったのである。

このときの信長の作戦は、地面をいちいち略取してゆくやりかたでなく、カラス、スズメのたぐいを追い散らすようにして、近江という戦略道路を打通しただけのものであ

織田信長画像

ったともいえる。飛び散った諸勢力は、やがて結束してゆく。かれらは織田圏のそとの大勢力と連合して織田圏を包囲し、さらには義昭を味方にひき入れ、信長ひとりの首をねらい、かれを四苦八苦させることになる。

信長の戦闘者としての後半生は、この包囲陣との格闘に費される。

浅井長政が、暴《にわ》かに信長にそむくのも、信長における右の後半生の段階での、それも初期であった。信長にとって、寝耳に水だった。かれは長政を信じきっていた。

信長に信じられるだけの好漢でもあった。

このあたりは、むずかしい。

こんにちの学生でも、大学の構内で長政のような青年をみつければ友人になって悔《くい》はないのにちがいない。

ただ、長政にも欠点があった。うまれながらの大名で、人に仕えたことがなく、屈従の姿勢をながくとりつづけることに馴れていなかった。その上、密かに大志を抱いていた。大志をとげるために必要な屈従の精神を少量しかもたず、さらに決定的だったことは、自負心の尋常ならぬつよさであった。

といって信長自身が長政の名誉心を傷つけたということはなさそうである。信長が京にあったとき、京の社寺の者などがかれにあいさつすべくその門前（一条の妙覚寺《みょうかくじ》）にあつまってきたが、かれはひとびとに「浅井備前守はわが妹婿である。わが門前にくるより、浅井が宿（清水寺成就院《きよみずでらじょうじゅいん》）にゆけ」（『浅井三代記』）といったという。

が、織田家の諸将は、信長のようではない。

かれらは、長政に対し、同格のふるまいがあったのではあるまいか。室町幕府創業以来の代々の守護である六角氏に対してさえ、長政は少年のころ同格だとおもっていた。その後、さほどに人変りしたとはおもえず、肚《はら》にすえかねることもあったろう。

信長は、近江を打通した翌年の正月、将軍義昭のために二条の館を増築することにした。その普請の名誉ある「請取人《うけとりにん》」としては信長は長政と両人、連名でなった。古い同盟者の家康より上においたといえなくはない。

信長は、自分の★180普請奉行として、重臣筆頭の★181柴田勝家《しばたかついえ》、★182佐久間右衛門尉《じょう》、★183森三左衛門（★184森蘭丸《らんまる》の父）を命じた。同時に長政は、奉行として、三田村左衛門大夫、大野木土佐守を任命した。たがいに同格である。

ところが、工事現場での水替《みずかえ》作業のとき、佐久間の足軽どもが、浅井方の足軽を嘲弄し、

「浅井のぬる若者ども」

とはやした。かれらは、去年の近江打通作戦のとき、箕作《みつくり》城攻めで浅井方の働きがにぶかったことをもばかにしたのである。浅井方の足軽が腹をたて、簀《すのこ》の棒をはずして佐久間の足軽になぐりつけ、やがて織田方、浅井方の足軽がかけつけ、ついに京じゅうが

★180 ふしんぶぎょう＝武家の職名のひとつ。室町幕府では、親王や将軍などが住まう御所や、城壁や堤防の工事にあたった。

★181 一五二二〜一五八三年没。織田信長の家臣で、越前一国を与えられていた。本能寺の変の後は信長の後継者をめぐって豊臣秀吉と対立し、賤《しず》ケ岳《たけ》の戦いで秀吉に敗れて自刃した。

★182 佐久間《さくま》信盛《のぶもり》。一五二七年〜一五

合戦のようになり、双方、死者百五十人というさわぎになった。
この一件につき、大将の柴田・森などは、配下の足軽をおさえようとせず、むしろ浅井に腹をたてた。かれらは信長の宿館に伺候して、「浅井に御目見《おめみ》せよきゆゑ（浅井を過度に礼遇なさるから）かくのごとき狼藉《らうぜき》仕候」（『浅井三代記』）といったというが、信長は取りあわず、かえって長政のために柴田らを叱りつけ、

浅井が家は、弓矢取《とつ》てほまれあるぞ。かさねても、かまへて〳〵がさつなる事、申《まうし》かけ、不覚を取《とる》な。（『浅井三代記』）

と、いったという。この事件についての長政の反応はわからないが、推測するに、かれは信長個人への感情より、その重臣である尾張の土侍《つちざむらい》どもが自分と同格におもっていることに片腹痛さを感じたのにちがいない。さらには、これ以上、信長と提携を続ければ、信長の家来どもと同格になりさがると思ったのではあるまいか。このあたり、おなじ同盟者でも徳川家の屈従とはまったくちがっていた。

八一年没。はじめ織田信秀に仕え、のちにその子である信長に従った。長篠《ながしの》の戦いなど数々の戦で活躍するが、天正四（一五七六）年から行われた石山本願寺との戦いに難航し、そのことを信長にとがめられて高野山に追放される。

★183 森可成《もりよしなり》。一五二三年～一五七〇年没。美濃金山城主。信長の越前攻めに加わり、近江宇佐山城を守るが、浅井長政と朝倉義景の連合軍に攻められ、戦死した。

★184 一五六五年～一五八二年没。織田信長の近習《きんじゅう》。信長に重用され、取次《とりつぎ》役となる奏者《そうじゃ》を務めていた。本能寺の変で、二人の弟とともに戦死する。

塗料をぬった伊吹山《いぶき》

彦根から、伊吹山の見える方角にむかっている。

めざすは、川としては姉川《あねがわ》であり、野としては浅井《あざい》であり、古蹟としては小谷山《おだにやま》の小谷城趾である。とくにただ一点をいえば、姉川のほとりの古戦場である。おそらく碑でも立っているだろう。

私どもは、北をめざしている。

私が、近江《おうみ》を好きになってから古い。野や村々、さらには歴史的な建造物だけでなく、無名の建物まで美しいとおもいつづけてきたが、しかし沿道の村や町の様変《さまがわ》りにはおどろいた。

道路がよくなったのは、ありがたい。彦根付近から北へむかう道路は、北陸自動車道という、ドイツのアウトバーンのような構造物が長城のように南から北へ通っている。

小谷城黒金門跡

さらには国道8号線までが、滑走路のようにひろい。

高度成長期から、日本人は不動産屋のような感覚になった。

「道路ぞい」

といえば一等地である。現実の商いとしては決してそういうものでもないのに、不動産屋的にそうおもってしまう。

十字路にはガソリン・スタンドができ、路傍にはトラック運転手のための食堂ができ、その他の商店がさまざまな看板をあげる。たちまち農村の風情《ふぜい》がくずれてゆき、昭和初期の東京月島か、そのころの阪神間の尼崎、十三《じゅうそう》、布施のようになってしまう。すでに奈良県があらかたそうなってしまった。

ふと、沖縄★185の復帰前、那覇《なは》にテレビ局ができたころのことをおもいだした。というより、陶芸家の浜田庄司★186《はまだしょうじ》（一八九四〜一九七八）のことである。復帰前、私は那覇をたずね、壺屋《つぼや》の界隈を歩いていたとき、路上でこの高名な人に出遭《であ》った。そのころ浜田さんは七十前後だった。

その日は、暑かった。せまい道路わきには、トタン屋根をかぶせた窯があり、路傍には鉄釉《てつゆう》のかめや鉢がころがっていた。浜田さんは仕事着のままむこうからきた。

私は浜田さんに出遭う以前から、明治後の日本の美術は、絵画や彫刻よりも、陶芸で

★185 昭和四十七（一九七二）年五月十五日に沖縄の施政権はアメリカから日本に返還された。

★186 人間国宝に選ばれ、文化勲章を受章した民芸派陶会の名匠。バーナード・リーチ（107ページ注193参照）とともに渡英し、帰国後は益子焼《ましこやき》の革新に力を注いだ。

代表されるべきではないかと思っていた。浜田庄司、★187河井《かわい》寛次《かんじ》郎《ろう》、★188富本憲吉《とみもとけんきち》といったひとびとを、江戸初期のひとびとが★189仁清《にんせい》、★190乾山《けんざん》、★191光悦《こうえつ》に感じた以上の気持で尊敬していたが、そのほんものがむこうからやってくるのをみて、息をわすれる思いだった。

浜田さんは、若いころから無私な人柄であったらしい。さらに卓越した知性と感覚にめぐまれていたし、また思想家としての風骨も、生来のものであったようである。この人自身が光をもっていたために、若くしてよき友人にめぐまれた。

私は、近江における道路と景観の悪化について書いている。

が、連想が沖縄へ外《そ》れ、浜田庄司をおもいだしているのは、話が飛んでいるのではなく、道路そのものの課題を考えるとき、浜田庄司を思い出さざるをえないのである。

浜田庄司の人生は、よき友人に満ちている。大正二（一九一三）年二十歳のとき、東京高等工業学校の窯業科に入学した。入学早々、河井寛次郎を知った。二十三歳、卒業後、轆轤《ろくろ》などの実技をまなぶために入った陶工養成所（京都市陶磁器試験場）では、富本憲吉と知りあうのである。

当時のかれの美の思想はまだ混沌未分の状態にあった。それを結晶させるべく触媒の役目をするのが★192柳宗悦《やなぎむねよし》（一八八九〜一九六一）だったが、その宗悦にあうのが、二十六歳のときであった。

★187 一八九〇年〜一九六六年没。陶芸家。浜田庄司らとともに民芸運動に参加し、近代陶芸の新分野を開いた。

★188 一八八六年〜一九六三年没。陶芸家。英国留学後、バーナード・リーチらと親交を結んで作陶を始める。色絵磁器で新境地を開いて人間国宝に指定される。

★189 野々村仁清。生没年不詳。京焼陶工。優美な作風で色絵陶器を完成させ、京焼の大成者といわれる。

★190 尾形乾山。一六六三年〜一七四三年没。陶工、画家。野々村仁清のもとで修行し、乾山焼と呼ばれる独自の色絵陶器を生み出した。

★191 本阿弥《ほんあみ》光悦。一五五八年〜一六三七年没。刀剣の鑑定や研磨を家業としたほか、陶芸や漆芸な

いまひとり、重要な人物に会う。

後年、英国の代表的陶芸家になったバーナード・リーチ★193（一八八七〜一九七九）である。二十三歳のときに会い、右の三人と同様、交友は生涯のものになった。要するに、二十六歳までに浜田庄司の生涯の主題をささえる友人がすべて出そろっていたということをおもうと、人生の形と質のめずらしさにおどろかざるをえない。

私は、浜田庄司の晩年、何の用件ももたずに栃木県益子《ましこ》の浜田家をたずねたことがある。

「そこまできたものですから」

と、臆しながらいうと、沖縄の路上のときと同様、百姓同士が野良で出会ったような気安さで、上へあげてくださった。

浜田翁はすでに八十になっておられたが、五、六時間、しゃべりつづけられて、倦《う》むことがなかった。話というのは、一節ごとでいえば原稿用紙にして四、五枚ぐらいで、長くはなかった。どの一節も、

「柳が」

からはじまるか、

「リーチは」

ということから始まった。一節だけ「河井は」ということからはじまる話があった。

どにも精通していた。

★192 民芸研究家。小説家の志賀《しが》直哉《なおや》らとともに文芸雑誌「白樺《しらかば》」を創刊する。生活に根ざした日常生活の工芸品に美しさを見出し、民芸運動を起こす。東京都目黒区駒場に日本民芸館を創設した。

★193 明治四十二（一九〇九）年以降たびたび来日し、浜田庄司や河井寛次郎、柳宗悦らと親交を結び、民芸運動に参加した。西洋と東洋の陶芸を融合させた独自の作風を開く。

これは、河井寛次郎が益子をたずねてきて終夜語りあかしたとき、夜の二時ごろ、隣家でなぐりあいの父子げんかがはじまったという話で、テーマは栃木県の人気《じんき》の朴拙さとはげしさについてだった。

リーチについての話が、いちばん多かった。

たとえばリーチが浜田さんにこういったという。たがいに高齢になったから、語り合うための余命はいくばくもない。君が英国にきた翌年は僕が日本にゆく。交替交替にすれば毎年会えるじゃないか。……リーチはすでに八十半ばだったから、この約束はどの程度守られたか、私はよく知らない。

バーナード・リーチは、日本ふうの言い方をすれば明治二十年のうまれである。弁護士だった父A・J・リーチの長男として香港でうまれ、生後ほどなく母をうしなった。

このため、母方の祖父にひきとられた。祖父ハミルトン・シャープは京都に居て、途中、彦根に移った。私はリーチについての十分な資料をもっていないため、祖父のシャープの履歴を知らないが、あるいは京都でも彦根でも、中学校の英語教師をしていたのではないかと想像している。明治初年、彦根には、藩校の継続としての学校や、町立中学校というのが断続してあったが、正規の、さらには県下唯一の「尋常中学校」が誕生するのは、明治二十年、彦根中学校の設立からである。ハミルトン・シャープが京都から彦根へ移るのはこの「県下の最高学府」に招聘されたからだと想像しているが、いずれにしてもリーチは幼年期の明治二十年代を近江ですごした。のち、父が再婚してひきとられ、日本を離れる。

当時の在外英国人の子弟はたいてい本国で教育をうけたものらしいが、リーチも十歳のとき本国にかえり、カレッジから美術学校にすすんだ。

卒業後、一時期、銀行員になったこともある。が、やめてふたたび美術学校に入り、在学中、★194ラフカディオ・ハーンの著作をよんで、三歳までの記憶としてかすかに残っている日本への憧憬が深まった。

二十二歳のとき、ついに日本にきた。東京の日暮里に住んだりしたが、その後、千葉県我孫子の柳宗悦宅に窯をきずき、本格的に陶芸の道に入った。リーチの我孫子時代は大正五年からはじまる。このとき浜田庄司と知りあった。

たれか、美術史の若い専攻者で、いい伝記を書く人が出ないものかと思う。ただ書くにあたって覚悟を要するのは、リーチ伝を書くことは浜田庄司伝を書くことになるということである。あるいは柳宗悦伝を書くことになるかもしれず、それらのことを考えると、書き手は英国人よりも日本人のほうが、基礎資料をあつめる上で容易かもしれない。欲をいえば、最初は英文の本を書き、つぎは日本人のための精密な本を書いてほしい。

リーチが日本をひきはらって英国に帰るのは、大正九（一九二〇）年である。コーン

★194 小泉《こいずみ》八雲《やくも》。一八五〇年〜一九〇四年没。英文学者、作家。ギリシャに生まれ、明治二十三（一八九〇）年に来日。日本文化を研究し、海外に紹介した。

ウォール州のセント・アイヴスという田舎で、独立した陶芸家（かれらはみずからを陶工といっていた）としての窯を築くためだった。リーチは帰国にあたって浜田をつよく誘った。一緒にセント・アイヴスにゆこう、というのである。

「セント・アイヴスは岬だ。目の前に大西洋がある。まわりは静かな漁村だ」

リーチが言い、浜田は同行した。

ふたりは、ここで日本風の登窯《のぼりがま》を築くのだが、そのための準備に一年かかった。陶土もさがした。薪もさがし、独特の釉薬《うわぐすり》★195もさがした。むろん、英国風の釉薬もつかった。

リーチは、かれ自身の「窯業化学」と作風に東洋で得たものをひき入れたが、浜田にとっても、その思想のなかに（あるいは技術の上でも）大量の英国が入りこんだ。

浜田庄司が三カ年の英国での生活で身につけたもっとも大きなものは、田舎だった。かれは田舎の自然だけでなく、そこに暮らしているひとびとの質樸《しっぼく》★196さや自律性、田園の合理主義、厳格さ、秩序美、あるいは実用であることが美になってゆくおもしろさなど、すべて自分の思想にとりこんだ。

考えてみると、バーナード・リーチは、日本の田舎で日本を発見したハーンに魅かれて日本にきたのに対し、浜田庄司は逆だった。わざわざ英国まで行って田舎がもつ普遍的なよさを発見し、田舎というものを構成しているすべての要素を自分のものにし、そのことで創り手としての自信を得た。かれは英国の田舎から出発した、と書いたり語っ

★195 陶磁器の表面に焼き付けるガラス質の溶液。

★196 飾り気がなく素直なこと。

たりしている。

さきに、復帰前の沖縄でテレビ放送がはじまった頃――と書いた。

そのころ、浜田さんは手まわしの轆轤を飛行機に積んでは、那覇の壺屋の界隈の工房にゆき、地元のひとびとに教え、琉球陶器の復興に力をつくしていた。話を年譜にもどすと、かれにとっての沖縄はふるい。

英国から帰った（大正十三年・三十一歳）その年に、三つのことをした。日本の田舎として益子を発見し、そこに仕事場をもったことと、いまひとつは結婚したことが大きい。さらに、沖縄へ行って、そこで豊穣な田舎を得たことである。かれは沖縄のやきものに魅せられたのち、昭和三十年代、四十年代に那覇の壺屋《つぼや》窯《がま》の復興に力をつくすのは、浜田にとっての恩返しであった。また、沖縄で長男が生まれた。

「だから、琉司とつけたんです」

と、いったりした。壺屋の界隈の道を歩きながらの会話である。会話といっても、私はうなずくのみだが。

「那覇にテレビ局ができても、はじめは番組というほどのものがないんですな」

浜田さんの話は、すぐ飛躍する。

「そこへリーチがきたんです」

たしかにリーチが沖縄にやってきた。

テレビ局では、リーチと浜田さんを街でつかまえて壇上にあげ、イスにすわらせた。

二人が語りあっているのを、何時間も放映しっぱなしにした、という。

そのとき、リーチは、

「日本はいい国だが、欠点もある。その一つは道路がわるいことだ」

と、いった。

当時、いまから思うと別の国のように道路がわるかった。たとえば、昭和三十年代のはじめごろ、近江の草津付近の東海道は二車線で、一部簡易舗装だったような記憶がある。べつの記憶として、そのころ、私はひとの車にのせてもらって大阪から岡山まで行ったことがある。この道路は、東海道とともに日本の幹線である山陽道だが、やはり二車線だった。姫路で夜になった。県境の山を越え、備前鍛冶で存名な福岡（長船《おさふね》の付近）に入ったとき、車がまきあげてゆく砂塵が、両側の家々の屋根や軒につもって、沿道ことごとく泥の家のようになっていた。そのころ、道路だけが明治のままで、車のほうが急増しつつあった。

私は浜田さんからリーチの発言をきいたとき、かれに同感した。いまも変らない。ただ、浜田さんはリーチに反対した。

「私は、そのようには思わない」

君の考えはまちがいだ、とまで浜田さんはリーチにいったそうである。

浜田さんによれば、人が舗装されていない土の道を歩けば、蹠《あしうら》から土の弾みが伝わってくる。人が自然を感ずるというのはそれ以外にない。道は土でなければならない、これを失えば日本は暮らし方や景色までかわるだろう、と言う。さらに、

「じつは、益子が舗装されようとしているんだ」

と、いった。

この場合の益子は、町域ぜんぶをさしていない。益子の道路はこのころほぼ舗装されていたが、ただ大きな道路から、タンボの中を通って浜田さんの家（益子の古い農家）までにいたる一車線幅の枝道（公道）だけが未舗装だった。浜田さんは、せめてこの道だけは土のままにしておいてくれ、と反対していた。むろんエゴイズムのためではなく、浜田さんが感じている人間についての危機意識から出ている反対だった。

浜田さんは、つねに思想として物事を言っている。いうまでもなく思想とは自然物と同格、一つの存在である。たとえばバスケット・ボールを作るのに縫いあわせを狂わせるような矛盾があってはならないものだが、右のことばも、浜田的体系から引っ剝がしては単に奇矯[★197]の言辞にすぎなくなる。この人は、人間がこの世でどう暮らすべきかということについて大きく、しかも精密な考えをもっていた。その思想の雫《しずく》が作品だったと

★197 ききょう＝言動が普通と違っていること。

もいえる。

私どものいまの文明は、街も田園も食い荒らしている。だからひとびとは旅行社にパックされてヨーロッパへゆく。自分の家の座敷を住み荒らしておいて、よそのきれいな座敷を見にゆくようなもので、文明規模の巨大なマンガを日本は描いている。こんなおかしなことをやっている民族が、世界にかつて存在したろうか。

腹がたつと、変な記憶がよみがえってくる。七、八年前、アメリカから訪日記者団がきた。

そういうひとたちと大阪のホテルで会うはめになったが、そのうちのひとりが、「日本は美しい国だときいてきたが」といって、あとは口ごもった。どうやら、この国の田園はきたないといいたいようなところをこらえている様子だった。私は、日本人として自国が誇れなくなった。腹立ちのあまり、

――あなたは五十年前に日本に来るか、五十年のちに来るべきだった。

と、いった。

むかしの日本の農村は、うつくしかった。村の家々の連なりひとつでも全景として造形的だった、と私に言ってくれたのは、執拗に農家を描きつづけておられる★198向井潤吉《むかいじゅんきち》画伯であったが、私の記憶の中にある大和や近江の農村はとくにそうだったように思える。

★198 一九〇一年～一九九五年没。洋画家。昭和二十（一九四五）年、

大和にせよ近江にせよ、いま急速に都市の周辺の場末の街に転落（！）しつつあるというのは、私どもの文明がかかっている重大な病気としか思えない。政治がわるいということでは片付けられない。私どもがあたらしい文明観でもって日本に秩序美をあたえるような時間的余裕がないままに高度成長がきてしまったためでもあるだろうし、さらには土地所有についての思想と制度が未熟なままに経済成長の大波がやってきたためでもあるだろう。

——道路整備という公共投資を西欧はローマ以来やってきたが、日本はいまいっぺんにそれをやろうとしている。国じゅうがひっくりかえってきたなくなってしまったのはそのせいだ。

と、私は弁解した。しかし「文明観をもたずに、金だけをもった」とは恥しかったためにいわなかった。さらに「その金で土地が買える。土地を所有すればどんなに景観を変えてもいい国なんだ」ともいわなかった。

以上のほかに、遺伝性の★199痼疾《こしつ》もある。

日本人にだけ見られる（あるいは韓国人もそうかもしれない）異常な首都崇拝と地方蔑視がそれである。この痼疾は外来文化を奈良平城京に大量輸入した奈良朝以来のものだと私はおもっている。

江戸期は、江戸と京に価値が集中していたとはいえ、しかし諸藩にもそれぞれ独自な

洋画や彫刻の美術団体である行動美術協会を結成する。日本各地の民家を写実的な表現で描き続けた。

★199 長引いて、いつまでも治らない病気。

学問と文化があった。明治後、律令時代にもどった。文明開化は、すべてその吸収・配分機関として東京がうけもったため、田舎は単に★200陋劣なものという意識の構造ができた。

諸兄は五十年後の日本に来るべきだった、と言ったことには、根拠などはない。ただこの田園の壊滅の状態はながい日本史の一時期の一現象で、いずれは堅牢な文明観をもってわれわれの居住環境を秩序だてる時代がくるだろうと――希望的な修辞かもしれないが――信じているからである。このように信じでもしなければ、いまの日本に住んでゆけない。

伊吹山が、近づいてきた。

牛の背のように大きく、しかもミルク入りのチョコレート色の岩肌を盛りあげたこの名山は、地球の重量をおもわせるようにおもおもしい。その姿を見るたびに、私の中に住む古代人は、つい神だと思ってしまう。

南近江の象徴的な神聖山が三上山《みかみやま》であり、湖西の名山が比良《ひら》であるとすれば、伊吹は北近江のひとびとの心を何千年も鎮めつづけてきた象徴といっていい。

「――さん」

私は、タクシーの運転手さんに、よびかけた。あの伊吹山の肩を見てください。――

★200
ろうれつ＝いやしく劣っていること。

「ええ」

見ました、と言う。

「向って左の肩が、饅頭でもかぶりとったように欠けていますな」

「あれは」

運転手さんはいった。

「セメント工場がかぶりとったんです」

「ですけど、歯形《はがた》が入っているわりには、緑っぽいじゃないですか」

「塗料を吹きつけたんです」

運転手さんは笑わずにいった。

私どもは、まあ、そのようにして、破綻した文明を★201弥縫《びほう》している。その後、草木が植えられたらしいが、ともかく、こんにちのわが文明の段階はその程度だということである。五十年後もこういうぐあいだとは思いたくない。

★201 おぎない合わせること。失敗や欠点などを一時的にとりつくろうこと。

姉川《あねがわ》の岸

琵琶湖には、多くの河川が流れこむ。

湖畔は、湖東平野でさえ山がちかく、従って川の長さがみじかい。その上、山の土砂をはこびこむため、みな河床《かわどこ》が盛りあがって、洲《す》がめだち、ときにただの草の原っぱのような川もある。

そのなかにあって、近江《おうみ》北部の東浅井《ひがしあざい》郡の平野をながれている姉川だけが、きわだって大きい。一級河川である。

長さ三七キロもある。ただしそのうち半分以上は伊吹《いぶき》山塊のなかを蛇行している。南流して伊吹町★202に落ち、はじめて西流する。しばらくは山麓を洗っていそがしく流れるものの、やがて平野に出るあたりで、のびやかな河相《かそう》になる。姉川の古戦場は、その平野の中央あたりにある。

★202 現在は米原《まいばら》市伊吹。

姉川橋《あねがわばし》（正称は野村橋）は、じつに長い。その南側の橋畔に、

「史跡　姉川古戦場」

という標柱が建っている。岸にも河原にも薄《すすき》が生いしげって、いかにも古戦場といった★203粛殺《しょうさつ》とした気分がある。河道は、地面から見おろすと、よほどひくい。

「この川は、七、八尺の崖をなしている」

などと、古い記録にあるが、それにふさわしい箇処もある。

古戦場のあたりの姉川の河川敷《かせんじき》はひろい。大雨の場合はよほどのあばれ川になるらしいが、平素はそうではない。いまみるところ、ほとんどが洲で、河床の一部を細い水流がながれているだけである。姉川合戦のころは、水深は深いところでも三尺ほどだった、といわれている。この日の水かさは、もっと浅そうにおもわれた。浅いわりには、流れが、迅《はや》い。★204甲州《こうしゅう》や★205信州《しんしゅう》あたりでは、こういう水の感じを沢というのではあるまいか。近江には、沢ということばはない。

姉川南岸に立つと、流れをへだて、北西の方角、七キロのむこうに小谷《おだに》城の城跡の山が見えた。

浅井《あさい》氏累代の居城であるその山は、いかにも攻めがたい山相を示していた。

戦国末期、織田信長の出現とその勢力の急成長は、やや退嬰《たいえい》の気味のあった旧勢力に

★203 もの寂しいさま。

★204 甲斐《かい》国の別名。現在の山梨県。

★205 信濃国の別名。現在の長野県。

とって意外でもあり、迷惑でもあった。旧勢力が一睡《いっすい》しているあいだに、まわりの景色がかわった。

同時に、信長の妹婿である浅井長政《ながまさ》ですら、吹き荒れる嵐のように諸方を斬りとってゆく織田家のすさまじい回転についてゆけぬ思いがしたのにちがいない。長政といえども、旧勢力である。信長などよりはるかにおっとりしている。

その上、

——浅井の家と織田家は、対等である。

と、おもっている。が、織田家が急成長してゆくために、力の差異ができすぎ、家来のようになってしまった。浅井長政の気位の高さは、信長の同盟者である徳川家康のようにはなりたくないというところにあったろう。家康は独立した大名でありながら、信長にあごでつかわれ、部将のようになっているではないか。

長政はむしろ古い同盟者の越前《えちぜん》の国主朝倉義景《あさくらよしかげ》のほうに、同階級の意識や仲間意識をもっていたはずである。

★206越前一乗谷《いちじょうだに》を居城とする朝倉氏は、古い素姓《すじょう》をいえば成りあがりの戦国大名ではあったが、「守護」という、すでに形骸化したとはいえ、室町体制におけるきらびやかな権威を、実力で入手していた家でもあった。

★206 一乗谷城。福井県福井市にあった朝倉氏の居城。朝倉氏滅亡の際に織田軍によって火を放たれ、灰燼《かいじん》に帰した。

とくに、浅井家の隠居の久政《ひさまさ》は、朝倉氏に権威を感ずる感覚のもちぬしであったらしい。久政からみれば尾張《おわり》の織田家などは出来星《できぼし》[★207]の成りあがりにすぎない。

朝倉家のほうも、織田氏を卑《ひく》くみていた。

この両家は、遠いむかしに因縁がある。

もともと、室町幕府の盛時、越前も尾張も、斯波《しば》氏が守護だった。ただし斯波氏の当主はつねに京にいて公家《くげ》化していた。

朝倉氏の祖は、斯波氏の越前における守護代――代官――で、領国の面倒をみてきた。

やがて、朝倉氏は下剋上《げこくじょう》する。

織田家の祖もまたもとは越前に住していた。越前丹生《にゅう》郡の台上に織田劔《おだつるぎ》神社という社《やしろ》があって、祠官の某《なにがし》が斯波氏に仕え、やがて尾張の守護代になった。斯波氏は内紛の多い家だった。火が消えるようにその勢いがおとろえて、越前一カ国は朝倉氏のものになった。朝倉氏は幕府に工作し、正規の越前国の守護になった。

一方、尾張も、斯波氏の衰えとともに織田氏の勢力下におかれたが、越前朝倉氏が宗家の単一権力であったのに対し、尾張織田家のほうは多くの家々に分裂し、勢力が細分化していた。信長の織田家は、数ある尾張織田家の中でもひくい家であったが、父信秀《のぶひで》の代になってにわかに興り、他の宗支族を征し、尾張を統一した。

★207 急に出世したり金持ちになったりした人。

朝倉義景画像

「尾張織田家というだにおろかしきに、信長の家はたかが勝幡《しょばた》織田家ではないか」

という意識が、越前王ともいうべき朝倉義景にあったはずである。

朝倉家には、家訓がある。この家を興した初代敏景《としかげ》★208（教景《のりかげ》）が子孫のために書きのこした十七カ条の教訓書で、その内容は、倫理性の高い小田原北条《ほうじょう》氏の家訓とはちがい、功利性がつよい。

たとえば、

「宿老を設けるな」★209

とある。乱世に強国として生きのこるためには、じつに乾いた考え方である。門閥は無能者を生む。そういう者に軍事・政治の権力を委譲するより、能力のある者を抜擢せよ、という。また、

「一国の城は、朝倉家の館（一乗谷）にすること。勢力ある者はみな一乗谷に住まわせ、その領地には代官を置かせること」

ともいう。朝倉家一軒に権力を集中する上で、みごとな制度といっていい。

義景が、初代敏景からかぞえて第五世の当主になったのは、十六歳のときである。後見人として、大叔父の朝倉宗滴《そうてき》という僧形《そうぎょう》の人物が義景にかわって宗家の軍を指揮し、大小の合戦に出た。『続々群書類従《ぐんしょるいじゅう》』に、この宗滴の話を速記した『朝倉宗滴話記』がおさめられている。そのなかに、すさまじい一項がある。

★208 一四二八年～一四八一年没。室町時代の武将。一乗谷城を築いて本拠とし、朝倉氏を戦国大名へと成長させた。

★209 しゅくろう＝武家の重臣。家柄が固定され、世襲が当たり前だった。

武者は犬ともいへ、畜生ともいへ、勝事が本にて候。

戦闘惨烈の極に達したとき、大将はつい討たれてゆく味方の武者にあわれみが生じ、心がひるむものだが、そういう人情は禁物だというのである。人と思うな、犬と思え、というのは、いかに宗滴が百戦のなかでえた教訓であるにしても、他に表現の方法がありそうである。朝倉家は、真に士心を得ていた家だったかどうか。

いまひとつついえば、真に戦国大名であるなら、士心を得るためにも、こういう思想はもたなかったはずだが、やはり、朝倉家というのは、領国大名というより、中世的な貴族意識のほうがつよい家だったのではないかと思ったりする。中世の貴人に情《じょう》なし、という。中世貴族の通弊は、下への思いやりがうすいことであった。

しかし、朝倉家五代の功は、越前の平和をよく保ったということである。また一乗谷文化ともいうべき、なかば公家《くげ》化した文化をよく蓄積したということも評価せねばならない。

織田信長と、将軍義昭《よしあき》の対立が表面化するのは、永禄十三（一五七〇）年、正月朝倉義景の三十八歳のときであった。

越前の朝倉義景からみれば、京の信長は笑止しごくにも将軍の権威を笠にきて〃執

足利義昭画像

権〟気どりになっている、ということであったろう。

しかし、信長のほうは大まじめだった。かれは義景に対し、将軍に馳走するため京にのぼるよう指示した。義景にすればこれほどばかばかしいことはなかった。上洛は〝執権〟信長に臣従を誓うことではないか。

むろん、ことわった。これに対し、信長は、直線的な反応をした。

——朝倉を討つ。

ということである。後世の印象としては、決心から軍勢の編成、出発は、ほとんど瞬時であった。朝倉にすれば、たとえ断交になるとしても、多少の月日《つきひ》やりとりはあるはずだと思っていたにちがいない。もっとも信長は、敵に油断をさせてはいた。かれは岐阜で支度をし、ひそかに同盟者の徳川家康に連絡し、あとは近江路を物見遊山《ものみゆさん》しつつ閑々とゆき、京に入った。ほどなく家康も京にのぼった。京見物という名目だった。


この間《かん》、家康より上位の同盟者のつもりでいる浅井長政は、知らされなかった。

かれは、京から小谷城に帰っていた。

ここで異変を知った。そのときには信長がみずから陣頭に立って、越前朝倉氏の最前線である敦賀に乱入していた。長政はじめ浅井家ぜんたいが動揺した。『浅井三代記』によれば、隠居した父久政が信長の仕様《しざま》に激怒し、沈黙している長政を乗りこえて★210評定《ひょうじょう》

★210 人々が集まって、物事を決めて

を主導し、織田軍がせまい敦賀海岸に充満しているのを幸い、朝倉と★211締盟《ていめい》して挟撃《きょうげき》することに決した、ということになっている。

「朝倉家には、重代の恩誼がある」

というのが、久政の主張するところであった。たしかに★212交誼の歴史は織田家との間柄よりはるかに古い。かつ、浅井家は織田家と縁組を結ぶさい、『浅井三代記』によれば、

「もし織田家が朝倉家と事を構える場合は、紛争の始末を浅井家にまかせることの誓紙を信長は書いた」

という。ありうべきことである。

このことについては、信長が越前乱入を決意したとき、同書によれば、近侍《きんじ》する森三左衛門らが、信長を諫《いさ》めた、という。

――このよし浅井に御しらせ候《さふらひ》て、其上にて御進発然るべし。

が、信長はとりあわず、

「浅井に報らせば、可《よし》、越前を攻めなされとは言うまい」

といった。柴田《しばた》勝家《かついえ》までが、

――浅井が恨《うらみ》をもちましょう。

と信長に再考をうながしたという。しかし信長は「長政と自分とは親子（信長は義理の兄）である。なんとかなる」とたかをくくった。信長にすれば、電光石火、朝倉をほ

いくこと。

★211 同盟や条約を結ぶこと。

★212 こうぎ＝友人としての親しい付き合い。

ろぼし、ぼう然とする長政にその既成事実を嚥《の》みこませてしまえば、かれもがまんしてくれるはずだ、とした。信長のような男が、そこまで長政という人物を、お人好しと思っていたのである。

敦賀は、狭い。東に木ノ芽峠という大山塊をひかえ、前は海である。背後の山々は北近江につづく。その背後を浅井氏は断ったのである。信長は、美濃へはかえれない。それどころか、朝倉と浅井から、搾木《しめぎ》にかけられたようにしめころされてしまう。

——浅井が朝倉についた。

という変報を、当初、信長は容易に信じなかった。『信長公記《しんちょうこうき》』によると、「虚説たるべし」といった。信長は、長政を信ずる以上に、好きだったのではあるまいか。

敦賀は、朝倉氏の支族の領地で、二カ所、城がある。二つの城が大いに織田勢を防いだがわずか二日でつぶれた。木ノ芽峠の東方の越前の本部からは、救援が来ない。この時代、朝倉氏もその初期の一枚岩が風化し、一族が国中で半ば割拠し、朝倉義景の統率力は弱くなっていた。信長は十分そういう事情を内偵していたのだろう。

が、信長の計算を、浅井の〝謀叛《むほん》〟が崩した。

この場合、後世のわれわれとしては浅井氏を憐れまざるをえない。

隠居の久政が「朝倉への信義」を押しだしたのは、武略のない久政の性格から推して、ひょっとすると本気の倫理感情から出たものかとおもえる。『浅井三代記』には、当主の長政が、隠居の父に対し、一言も発していない風《ふう》であった。長政は、つらかったろう。かれには妻のお市へのつよい愛がある。それをいうと、

——女への情に引かれ給うたか。

と、父も諸将もばかにするにちがいない。それに、信長のやり方に不信を感じてきたとはいえ、★213親炙《しんしゃ》もしてきた。父久政より信長を理解してはいたが、それを言いだすと、久政がどういう言葉でおさえつけてくるかわからない。長政は、すくむ思いでいたはずである。

そういう長政のつらさが、浅井氏の戦闘活動のにぶさになってあらわれている。いったんは織田勢の退路遮断というあざやかな挙に出ていながら、そのあと積極的戦闘には出ていない。

さらには、朝倉義景自身が、軍をひきいて敦賀にむかおうとはしていなかった。

そこに、虚が生じた。信長は、渓流の魚のようなはやさで逃げた。西近江の間道をとり、京にもどった。

信長が、京に逃げ帰ったのは、四月末である。

その後、北近江を経ず、千草越えの間道をへて岐阜に帰り、大軍を催した。かれが、

★213 親しくその人に接して感化を受けること。

北近江の小谷城の前面、この姉川の流れる野に出現するのは、六月下旬である。

長政は、朝倉氏の来援を待ち、城に籠もってうごかなかった。一方、信長もまた徳川家康の来援を待った。やがて双方人数があつまり、姉川をはさんで大会戦を展開することになる。

明治二十年代、陸軍参謀本部第四部は、日本戦史を研究し、『姉川役』を明治三十四年に刊行した。その兵力計算法は、石高《こくだか》から割りだすやり方をとっている。

計算の基礎は一万石につき二百五十人の動員力があるというものである。

織田家の領地は二百四十余万石であるとする（内わけは、尾張五十二万石、美濃《みの》五十八万石、伊勢《いせ》五十七万石、志摩《しま》二万石、大和《やまと》南部七万石、和泉《いずみ》十四万石、若狭《わかさ》九万石、近江南部四十四万石）。従って動員力は六万人をこえる。

その同盟軍である徳川氏は、三河《みかわ》三十四万石、遠江《とおとうみ》二十七万石、あわせて六十余万石である。一万五千人を動員しうる。

これに対し、近江北部の浅井氏は三十九万石で、その動員力は九千七百人でしかない。

朝倉氏の領地は、越前一国六十八万石と加賀《かが》南十九万石で、八十七万石とみる。つまりは、二万人の動員力である。

ただ、織田・徳川ともに、その本国や版図の防衛に兵力をのこさざるをえないため、姉川の野に展開できる兵力は、かならずしも多くない。この戦線に使用した兵は、織田

『日本戦史　姉川役』

軍二万八千、徳川軍六千である。
これに対し、姉川北岸に展開した側は、浅井氏の場合、領国内の戦いだけに、兵力のほとんどすべてを参加させた。
朝倉氏は、動員力二万のうちの半分はこの戦場に送ったはずであった。ただ朝倉義景においては、この北近江の戦場で敗けることは越前のすべてをうしなうことだという想像に、やや欠けていたようである。かれ自身は、一乗谷にこもって出て来なかった。このことについてかれの口を藉《か》りることができるとすれば、留守中、同族が一乗谷を乗っ取るかもしれないからだ、と言ったかもしれない。義景が同族への統御力を欠いていたことが、朝倉氏衰亡の第一原因というべきだったろう。

この姉川合戦の年、両軍の将の年齢は、以下のとおりである。

浅井長政　二十六
朝倉義景　三十八
織田信長　三十七
徳川家康　二十九

兵の質を見ると、諸軍最強であるのが、浅井と徳川であったろう。ただ、徳川の兵は内戦と外戦に★214寧日《ねいじつ》のない状況だったために練度において浅井兵よりもまさっていたとみるべきである。

ふつう、兵は北国がつよいとされている。その点では越前朝倉の兵は強い。しかし朝倉氏五代の平和が、兵の練度を低くしていた。

兵の勇怯《ゆうきょう》ということでいえば、織田家の主力である尾張兵は弱いとされていた。その地は広闊で、諸街道が入りこみ、商業もさかんで、自然、ひとびとは機才に富み、世間を見る目もある。たとえば山《やま》三《み》河《かわ》を根拠地としてきた家康の三河人の質樸《しつぼく》さとくらべると、人種がちがうほどに気風がちがう。この当時、尾張・三河の兵の強弱が論じられるとき、尾張者三人に三河者一人などといわれたりした。

ただ、織田信長が、自分の好みで抜擢し、訓練してきた大小の隊長ということになると、織田家がもっともまさっていた。かれらは機敏に兵を指揮し、適宜、自他の状況を見て独断専行する能力をもっていた。

このことについては、浅井家に浅井半助という侍がいて、うがったことばを残している。半助はその姓が示すように浅井家の同門のはしくれであったが、気性がはげしく、隠居の久政にきらわれて先年召し放たれた。その後、織田傘下《さんか》の美濃にゆき、★215稲葉《いなば》伊《い》予《よの》守《かみ》につかえていたが、このたびの手切れをきき、このままでは旧主に弓を引くことになるとしてひそかに美濃を脱し、小谷城にもどった。半助などは、この当時の北近江人の

★214 やすらかな日。無事で平和な日。

★215 通朝《みちとも》（良通とも）。一鉄と号する。一五一六年～一五八九年没。はじめ美濃国の土岐《とき》氏・斎藤《さいとう》氏に仕えたが、織田信長に内通し

一典型といっていい。

かれは小谷城の軍議のとき、

「自分は三年のあいだ織田家のいくさぶりをみてきましたが、即断し即決し、あたかも猿《ましら》が梢《こずえ》をとびまわるようでございます」

と、いった。だから北近江ふうの鈍重な兵の進退をやっていては織田家に乗ぜられる、といったのである。

織田家の人事文化において象徴的存在というべき者が、すでにこの戦場で諸隊長のひとりになっていた。木下藤吉郎秀吉《きのしたとうきちろうひでよし》である。かれは宿老の柴田勝家などとならんで三千の兵をひきいて、信長の命で小谷城下の村々を放火したりしている（もっとも秀吉一己の好みとしては火攻めを好まず、のち水攻めを得意とするようになるが）。

近江《おうみ》衆

当時の近江衆について、ふれたい。

て美濃攻略の助けとなった。以後は信長に仕え、本能寺の変ののちは豊臣秀吉に従う。

豊臣秀吉画像

浅井《あさい》家の家臣に、遠藤喜右衛門尉《じょう》直経という人物がいた。物事に老巧で、剛直であった。

この人物の片鱗については、古記録のなかでは『浅井三代記』『四戦紀聞』[★216]『摠見記』[★217]などに出ている。以前、短編に書きたいとおもったことがあったが、果たせぬままでいる。坂田郡の人である。在所まではわからない。

短編の主題は、人生そのものがそうであるように、二律背反でなければならない。二律背反というのは、万力《まんりき》（工作機械）にはさまれて絞められているということである。

遠藤喜右衛門尉における万力の力《ちから》構成の一方は、かれが固有の能力として物事がよく見えたということであった。

「浅井家の前途は、路上に置かれた卵のようにあぶない」

と、かれはおもっていた。路上の鳥なら人馬に踏まれることがない。が、隠居の久政《ひさまさ》は凡庸で、当主の長政《ながまさ》はまだ若く、政略において欠けており、この国際情勢のなかで、鳥であることは希《のぞ》むべくもない。

——こういうあぶない家には見切りをつける。

というようなら、遠藤喜右衛門尉はらくだったろうし、そうなればかれにおける万力は構成せず、二律背反することもない。もっともかれだけでなく、浅井氏を見限るというような者は家中《かちゅう》にいなかった。という以上に、喜右衛門尉はなみはずれて忠誠心がつ

『浅井三代記』（『浅井軍記』）

★216 姫川、三方原、長篠《ながしの》、小牧《こまき》・長《なが》久手《くて》の戦いについて、まとめたもの。江戸時代中期の武士・木《き》村《むら》高敦《たかあつ》によってまとめられた。

★217 『織田軍記』のこと。織田信長の事績を編年体でまとめた戦記。

よかったということをあげておかねばならない。この忠誠心こそ、喜右衛門尉の万力の力構成の別の一方をなしていた。さらに、万力という工作機械の土台をゆるぎなくボルトで締めつけているのが、かれの剛直さというものだった。

さきにのべたことを繰りかえす。織田家から信長の妹のお市《いち》御料人が嫁してきて、両家は姻戚の関係になった。

その後、信長は近江佐和山城に宿泊したことがある。当時、佐和山城は浅井氏所属の城で、磯野《いその》丹波守が城主であった。長政は信長のもとにゆき、城内で酒宴をひらき、信長とその重臣たちをもてなした。喜右衛門尉も、長政の供のなかにいた。

喜右衛門尉は、かねて信長の乾ききったやりかたを見ていて不安を感じていたが、いまはじめてその人物に接し、とうてい長政の手にあう相手ではないとみた。いずれは浅井氏など、信長の利用価値がなくなったとき、攻めつぶされてしまうと確信した。

このあと、信長はつぎの宿所の成菩提院《じょうぼだいいん》に入った。浅井家の接待役として喜右衛門尉が案内して行ったが、やがて小谷《おだに》にいそぎ帰り、長政に謁し、

「上総介《かずさのすけ》（信長）どのは、頼むべからざるお人でござりまする。さきざきにおいて御家の御難を見るより、いまかのご人の御身まわりの手薄であるのを幸い、襲って討ち奉るのが、御家のお為かと存じます。もし御決意あれば、この喜右衛門尉一人にお下知《げち》くだ

貞享二（一六八五）年頃に完成した。

さりますように」

と、ひそかに献言したが、長政はとりあげなかった。長政にすればすでに相手の妹を娶《めと》り、義兄弟の関係にある。何の名分《めいぶん》★218もなくこれを襲うは義ではなく、外聞のわるいことおびただしい。むろん献策者の喜右衛門尉自身、自分の案言の突っ拍子もなさはわかっている。しかし、同時に浅井家の没落の光景も見えている。

その後、ほどなく、信長は突風のように朝倉攻めの挙に出た。越前《えちぜん》敦賀に織田勢が充満しつつあったとき、その南方の小谷城において久政・長政らが軍議をひらいたことはすでにのべた。このとき、隠居の久政がはげしく信長の違約をいきどおり、この上は朝倉氏と連繋して信長を敦賀において挾撃《きょうげき》しようと言った。

喜右衛門尉は、末座にいた。かれは、久政案に反対だった。

(もはや遅い)

と、叫びたかったろう。信長の背後を遮断したところで、ともに挾撃すべき味方の朝倉勢が、注文どおり敦賀に駆けつけるのに手間ひまが要る。そのあいだに信長は鳥のように逃げてしまい、そのあと、かならず再来する。そのときこそ浅井家が滅亡するときである。

喜右衛門尉は、かつて提案したことと、いまの意見とは、表面、ちがっていることについて、

★218 何か事をするについての表向きの理由。

先年とは筋目（註・事情）も違ひ候。

と言った。いまとなれば、ひたすら信長に味方し、信長を頼ませ給う以外、御家の道はございませぬ。……

今、信長と軍《いくさ》をせば、如何に（註・主君長政が）御心猛《たけ》く渡らせ給ふとも、終《つひ》には御家、滅亡成《なる》べし。（『浅井三代記』）

この遠藤喜右衛門尉の意見に賛成したのは、重臣では赤尾美作守《みまさかのかみ》清経である。が、久政は「身をもだえ怒」り、

汝等迄も、左様に義の違《たが》ひたる事申《まうす》か。所詮、此《この》年寄に志《し》ハ腹切《きれ》との事なるべし。

結局、久政の案のとおりになった。

あとは、喜右衛門尉の予想どおりだった。

当の信長が、小谷城前面の姉川の平野に出現してしまっている。

これに対し、北軍（浅井・朝倉）は、人数がすくなかった。後詰《ごつめ》（期待すべき応援勢力）もなく、この一会戦こそばくちであった。負ければ身代《しんだい》をすべてうしなってしまう。（浅井方が勝つ目《め》といえば、信長一人をたおすという戦法以外にない）

喜右衛門尉はおもった。

混戦のとき、織田方の武者になりすまし、ふかく侵入して信長ひとりを討つ。いわば戦場の刺客であった。むろん生還はできない。

この夜、喜右衛門尉は家来たちをあつめ、酒宴を張り、今生《こんじょう》の別れを惜しんだ。かれの年齢はわからない。すでに老人であった形跡がある。

姉川の合戦は、暑いころにおこなわれた。

元亀元年六月二十七日、徳川家康が来着した。

この時期、信長は本営を竜ケ鼻にかまえていた。この山端《やまばな》は横山という丘陵の北端で、姉川南岸に近い。私どもは姉川橋の南畔に立っている。ふりかえって、もっとも近い隆起が、竜ケ鼻である。

家康が来着すると、諸隊を指揮していた信長は姿勢をあらため、黒塗りの笠をぬぎ、丁寧に会釈した。信長は家康をこきつかっていながらも、つねに礼厚くしていた。

北軍側では、越前から朝倉勢が到着した。指揮者は越前のぬしの朝倉義景《よしかげ》ではなく、その一族の朝倉孫三郎景健という者であった。長政は義景自身がくると思っていただけに、小谷城で景健と対面したとき、はなはだ不快げで、「祝着《しゅうちゃく》★219のけしきはなかりけり」と『浅井三代記』にある。

（貴殿は）義景殿におとるべきにはあらざれども、貴殿ばかりを差越《さしこ》され候事、手ぬるき軍《いくさ》の次第なり。

長政のにがい表情が見えるようである。かれは同盟すべからざる者と同盟した。その上、久政・長政は戦略の上でもまずいことをした。この戦いの前、姉川南岸の野に拠点をつくろうとおもい、横山ににわかに砦を構え、そこに兵を籠めておいた。ところがその横山城は、姉川南岸の野に満ちた織田方のなかで孤立した。信長は横山城を全力をあげて攻めあげた。

信長が、横山城を欲しているのではない。この小城の頸《くび》をしめあげることによって、小谷城にいる長政を野外にひきだそうとした。

信長の策のとおり、横山城から急使がつぎつぎと小谷城にかけつけ、救援を乞うた。はたして、長政は小谷城を出た。が、すぐには野に出なかった。私どもから見れば姉川北岸の野に蟠《わだかま》★220っている山地（大寄山《おおよりやま》）に移動し、ここに拠った。このあいだも、横山城が悲鳴をあげつづけている。

★219 喜び祝うこと。満足に思うこと。

★220 複雑に入り組んで、絡み合っているこ と。

「わかっている」

と、長政は耳をふさぎたかったろう。大寄山の長政は竜ケ鼻の本陣にむかって直攻するつもりだった。

ただ、難があった。大寄山から竜ケ鼻までの距離が五キロもある。浅井・朝倉勢としては五キロも駆けて敵陣に達せねばならない。兵は疲労するだろう。

このため、長政は、大寄山から野陣へ転ずることにした。姉川北岸の平野に出れば竜ケ鼻にちかい。ただしそのあたりは一面の平坦な野（村名は、野村・三田）であるため、小谷城や大寄山のような頼るべき要害はない。長政は、ここで★221乾坤一擲《けんこんいってき》を決意した。

浅井・朝倉軍の夜陰の転進は、無数の松明《たいまつ》がうごいて、まことにさかんな景観であった。竜ケ鼻の丘の上の本営にいてこれを見た信長は、

「長政は、わが術中におちいった」

と、よろこんだという。信長は敵が山に拠るのをきらい、野外に出ることを欲していた。そのために横山城を締めあげていたのが、みごとに功を奏した。

信長は、横山城については、これを封ずるため、五千人をその麓《ふもと》に配置しておき、他のすべてを姉川南岸に展開すべく諸将をあつめ、部署割りをきめた。それがおわると、北軍同様、松明をかかげて移動を開始した。

★221 運命をかけて大勝負すること。

浅井長政は、八千の兵を五陣にわけ、姉川北岸の野村付近に部署した。一陣ごとの人数は、織田方の三千に対し、半分か三分の一にすぎなかった。第一陣先鋒は勇猛で知られた磯野丹波守員昌《かずまさ》（佐和山城主）千五百人である。第二陣は浅井政澄千人、第三陣は阿閉《あへ》貞秀千人、第四陣は新庄直頼《しんじようなおより》千人で、第五陣が本隊三千五百人で長政がそこにいる。

朝倉勢のほうが人数はやや多く、一万だが、あくまでも援軍であるため、〝主力〟の浅井勢の下流に位置した。朝倉勢の第一陣は朝倉景紀三千、第二陣は前波新八郎三千、本隊は朝倉景健四千である。

八千の浅井勢に対し、二万三千の織田本軍の部署は重厚で、第七陣までのあつさをもっていた。

第一陣（先鋒）にえらばれたのは、美濃《みの》出身の坂井右近政尚《まさひさ》である。かれは織田方の諸将としては、歴史的な知名度がひくいが、その理由は、この合戦で浅井勢の突進によって大潰乱し、それを恥じ、のち★222近江の堅田《かただ》攻めに参加して戦死したためである。

第一陣は、勇猛でなければならない。信長が、坂井右近政尚を第一陣にえらんだのは、ひとつはその配下三千がほぼ美濃兵だったためかと思える。美濃兵なら近江兵と互角で戦えるとみた。

★222 織田信長が朝倉氏、浅井氏、比《ひ》叡山《えいざん》延暦寺《えんりやくじ》と戦った志賀《しが》の陣において、朝倉軍が織田方の守る堅田（滋賀県大津市）を攻めた戦い。

第二陣は尾張《おわり》の池田信輝★223三千、第三陣は同じく木下藤吉郎《きのしたとうきちろう》三千、第四陣も同じく柴田《しばた》勝家《かついえ》三千、第五陣は美濃部隊である森三左衛門可成《よしなり》三千、第六陣は尾張の佐久間信盛《さくまのぶもり》三千、最後列の本陣は五千である。そこに信長がいる。

織田家の左翼（下流）には、徳川家康五千が陣した。信長はこれに対し稲葉伊予守通《いなばいよのかみみち》朝《とも》（良通ともいい、一鉄《いってつ》の号で有名）をつけた。ただし稲葉には手勢《てぜい》がすくなく、その配下千人は信長によってにわかに付属させられた者たちで、団結力は期待できなかった。

諸記録によると、家康は最初、浅井方にむかう先鋒（第一陣）を希望したらしい。

「はるばる三河《みかわ》よりきて一番合戦（先鋒）仰付《おおせつけ》られ候はずば、末世までの恥にて」とつよく言い、もし容れられねば「あすの合戦には罷出《まかりいづ》まじく候」とまでいったという。信長もやむなく家康を第一陣とした。ところが、諸将が苦情をいった。信長が大声で諸将をしかりつけ、

――推参《すいさん》ナル倅《せがれ》メガ。（『三河物語』）

と、しりぞけた。しかしその後の軍議のなりゆきで、家康は左翼に位置し、敵の右翼の朝倉勢一万にあたることになった。くりかえすが、家康の兵力は、敵の半分でしかない。

六月二十八日、姉川をはさんでの布陣は、織田・徳川勢のほうがはやかった。やや遅

★223
池田恒興《つねおき》。一五三六年～一五八四年没。桶狭間《おけはざま》の戦いで功を成し、犬山城を与えられた。信長の死後、秀吉と組み、明智光秀を討つ。小牧《こまき》・長久手《ながくて》の戦いで戦死した。

れ、午前四時ごろ、浅井・朝倉が北岸に展開した。最初は弓や小銃による射撃戦だった。渡河して突撃を敢行したのは、北軍右翼の朝倉勢で、浅井勢よりは早かった。

「一万で五千を圧倒すれば、全局面がかわるだろう」

と、朝倉景健はみた。

これに対し、徳川勢はよく防いだが、押しまくられた。朝倉勢は大将朝倉景健自身が渡河し、徳川方の第一陣★224酒井《さかい》忠次《ただつぐ》隊や第二陣★225小笠原長忠《おがさわらながただ》隊を突きくずした。第三陣の★226石《いし》川数正《かわかずまさ》隊がかろうじて健在で、数正は勇奮して朝倉勢の中に突っこみ、一時は川まで押しかえしたが、ほどなく圧倒され、退却し、南岸の野へ追われた。

このとき、家康の本営じたいまで大混乱した。たとえば勇敢な朝倉兵がふたり、家康の身辺まで迫った。家康がおもわず太刀を一尺ほど抜いたところへ、左右がかれらを突き伏せた。二人の朝倉兵の★227髻《もとどり》には「一足無間《いっそくむげん》」という誓文がおさめられていた。決死の者であったことがわかる。

織田勢の潰乱は、それ以上だった。

浅井勢八千は黒煙をあげるようにして渡河し、二万三千の織田勢を突きくずし、第一陣の坂井右近政尚などは子の久茂など数百人も討たれ、潰走した。浅井長政はみずから渡河し、士卒をはげまして、織田方の第三、第四の陣をやぶった。ついには信長の前面

★224 一五二七年～一五九六年没。徳川四天王の一人。幼少から家康に仕え、姉川、長篠、小牧・長久手の戦いで活躍した。

★225 ？～一五九〇年没。今川氏に属していたが、父の代から家康に従う。

★226 ？～一五九二年没。今川氏の人質となった家康に追従し、信長との同盟にも重要な役割を果たす。のちに松本城主となる。

★227 髪の毛をまとめて頭上で束ねたところ。また、その髪。

の第五陣の美濃部隊の前にまであらわれ、第五陣の懸命の働きであやうくささえた。もし浅井勢に五千の予備隊があれば、信長は遁走するか、戦死するか、どちらかであったにちがいない。

一方、家康は、本軍の織田軍の潰乱ぶりを望見し、自軍六千で全戦線を支えねば、とおもった。かれは朝倉勢に圧されつつも、★228榊原康政《さかきばらやすまさ》をよび、

「いますぐ迂回して渡河し、敵の背後を衝《つ》け」

と、命じた。この処置が、結局は全局面に転換の機会をあたえた。康政は一隊をひきいて下流に走り、川をわたり、北岸の七尺ほどの断崖をよじのぼって、朝倉勢のしっぽを右から横撃した。

南岸にわたってしまっている朝倉勢の主力は、後方の自軍の混乱を過大に見、狼狽し、意味もなく崩れ、めいめいに退却しはじめた。家康は大いに叫んで、

「この機をうしなうな」

と、全軍に突撃令を出し、ついには渡河して朝倉勢をやぶった。

この間《かん》、徳川勢の後方に位置していた稲葉通朝は、なすところなくすごした。ただ、東方の織田軍の大混乱を見、協力すべき徳川勢をすて、信長の本陣を守るべく東へ駆けた。

織田軍のなかで奮戦していた浅井勢は、この新手《あらて》の出現に度をうしなった。さらに、

★228 一五四八年〜一六〇六年没。家康に仕え、三河一向《いっこう》一揆《いっき》攻めで軍功をあげ家康の一字を与えられた。以後も姉川の戦いや長篠の戦いなどで活躍し、徳川四天王の一人に数えられる。

信長が横山城のおさえとして控置していた五千人も、独断で横山城を離れ、主戦場にかけつけた。織田家というのは、兵は弱くとも、このように機転のきく人物が多かった。

このため敵中で旋回している浅井勢は三方から攻撃をうけることになった。その上、右翼の朝倉勢が潰乱したことを見、にわかに勢いをうしない、やがて戦場から退きはじめた。織田勢は勢いをもりかえした。浅井兵は逃げた。小谷城もしくは佐和山城へ逃げもどることになる。

敗軍のなかで、遠藤喜右衛門尉は、血みどろになっていた。かれは後退する自軍とは逆に、織田方のほうに進んだ。友人の三田村某の首をかかえ、織田の将士のような様子をつくり、信長の首実検に供するような体《てい》で、

御大将は何方《いづかた》に座《おは》しますぞや、と云ひ廻り、行く程に、信長卿の居給ふ所へ、其《その》間《くわん》、十間《じつけん》程近寄りける。(『浅井三代記』)

そのとき、信長のそばにいた竹中久作重矩《しげのり》★229(竹中半兵衛の弟)が不審におもい、名乗りをあげて組打ち「竟《つひ》に打勝《うちかち》て、遠藤が首」をあげた。

敗軍のなかにいた喜右衛門尉の郎党富田才八という者は、もはや「何をか期すべき」とひきかえし、乱軍のなかで戦死する。さらにまた喜右衛門尉の死をきいた弓削《ゆげ》六郎左

★229 重治《しげはる》。一五四四年〜一五七九年没。長條の戦いで功を認められ、豊臣秀吉の軍師として活躍した。

衛門尉や今井掃部助《いまいかもんのすけ》といった朋輩も、「同じ道を往かばや」といって織田方の中に駆け入り、討死した。

これによって見ても、「近江衆」として特徴づけられる気質群があったはずである。

国友鍛治《くにともかじ》

伊吹《いぶき》山に大量の雨が短時間にふると、姉川《あねがわ》はあふれてしまう。

このため、姉川の下流は、しっぽを振るように河道を変えてきた。その古い氾濫原《はんらんげん》にあるのが、国友村である。いまは田畑にかこまれているだけの農村にすぎないが、村名としての歴史的知名度は、じつに高い。

国友村は、室町末期から江戸幕府の終末まで、一貫して鉄砲鍛冶の村として栄えた。一村ことごとくその技能に従事していた。

私どもは、鉄砲の歴史については、洞富雄《ほらとみお》氏や有馬成甫《ありませいほ》氏の研究に負うところが多い。とくに有馬成甫氏の履歴が風変りである。熊本県出身、海軍兵学校第三十三期（明治三十八年十一月卒業）、主として砲術を専攻し、昭和四年、大佐で予備役に編入された（太平洋戦争中、応召し、海軍少将）。

有馬成甫氏につき、古い海軍のオールド・ボーイである正木生虎氏に電話をかけて、どういう人だったかをうかがうと、「一度、なにかの寄合いでご一緒して、目黒東が丘だったかのご自宅まで車でお送りしただけで、十分には存じあげません」といって、正木さんにとって先輩にあたる砲術の専門家だった黛治夫氏に電話をかけてきいてくださった。それによると、「背が高く、スマートで、人柄のいい方だった」ということである。

有馬成甫氏は、昭和四年、現役をひいたあと、老学生として国学院大学史学科に入学した。その多年の研究の集大成ともいうべき業績が『火砲の起原とその伝流』（吉川弘文館刊）で、同論文によって昭和三十二年、文学博士をおくられた。

有馬博士は国学院大学の老学生であった時期、東京帝大の史料編纂所に出入りし、辻《つじ》善之《ぜんの》助《すけ》教授の指導をうけた。さらに同編纂所の鉄砲史に関する古記録を整理し、研究した。主として国友鉄砲鍛冶に関する古文書類だったが、ただ江戸期における約五十年間（一七六五年ごろ～一八一〇年ごろ）の文書が欠けていた。

老学生は、ひょっとすると国友村にあるのではないかとおもい、近江にやってくるのが、昭和五年夏である。

気泡発射法の図解（江戸中期頃）

以上のことは、博士の著作『一貫斎国友藤兵衛伝』（昭和七年・武蔵野書院刊）のまえがきに書かれている。国鉄の近江《おうみ》長浜駅で降りると、雨だったという。

国友村へは、自動車で行った。以下は、右のまえがきの文章の一部である。

私は江戸時代の国友村を想像して其繁栄なりし昔の俤《おもかげ》を種々心に画《ゑが》き一種の幻想に耽つて行つた。

然るに車を出でて憧憬の地を踏むと共に其等の夢は忽焉《こつえん》として破られた。記録に残る繁盛の跡は今何処、年寄宅の高楼は今如何、それ等は全く一場の夢に過ぎなかつた。

たしかに古文書のなかにある国友村は、村とはいえ、都市のように道路が四方に通じ、家々が櫛の歯のようにならんでいた。江戸期の最盛期には、鉄砲製造をしている家が八十戸もあったという。

北近江《おうみ》でも片田舎ともいうべきこの国友村に、なぜ鉄砲鍛冶という工業が興ったかについては、史料らしいものはただひとつしかない。

『国友鉄炮記』

という、ごくみじかい漢文がある。同記は寛永十（一六三三）年に成立した。編者はこの村の鍛冶代官大嶋善兵衛らである。草創は室町期にはじまるとしながら、その来歴を江戸初期に編むというのは、時間が経ちすぎている。おそらく故老の伝承をもとにしたのだろうが、しかし国友の鉄砲鍛冶の発祥についてはこの文献以外になく、ある程度、これに頼らざるをえない。

薩摩《さつま》の種子島《たねがしま》に鉄砲が伝来するのは、天文十二（一五四三）年八月である。ところが、『国友鉄炮記』によると、伝来してわずか一カ年で、国友村で国産の二挺が完成した、という。信じがたいほどのはやさだが、前後のことから考えあわせると、ほぼ本当のようにもおもえる。

『国友鉄炮記』によれば、種子島の島主時堯《ときたか》はポルトガル人から得た鉄砲を★230島津義久《しまづよしひさ》に贈った。当時、種子島家は独立の大名だったが、島津家とは濃厚な関係にあった。もらった島津義久が、京の将軍★231足利義晴《あしかがよしはる》にこれを贈ったという。

なんだかとんとん拍子に鉄砲が上洛してゆく感じだが、一応信ずることにする。

その義晴が、侍臣★232細川晴元《ほそかわはるもと》に、

——これをつくるよき鍛冶はないか。

といって、さげわたした。細川晴元が、北近江の守護職である京極《きょうごく》氏に相談すると、自分の領内に国友村というすぐれた鍛冶村がある、と言い、天文十三年二月、モデル一

★230 一五三三年〜一六一一年没。戦国〜安土桃山の武将。薩摩国（鹿児島県）の戦国大名島津貴《たか》久《ひさ》の長男。九州の諸大名を破ってほぼ全土を平定するが、豊臣秀吉の九州征伐で敗れる。

★231 一五一一年〜一五五〇年没。室町幕府十二代将軍。管領《かんれい》細川《ほそかわ》高《たか》国《くに》に擁立《ようりつ》されて将軍となるが実権はほとんどなく、細川氏の内紛に翻弄《ほんろう》される。

★232 一五一四年〜一五六三年没。室町末期〜戦国時代の武将。室町幕府の管領。阿波国《あわのくに》（徳島県）の三好元長《みよしもとなが》に擁されて兵を挙げ、細川高国を敗死させた。

挺をこの村にさげわたした。一村の鍛冶があつまってその仕掛けを見きわめ、完成したのが、わずか六カ月後の八月十二日だったそうである。

種子島につたわった火縄銃《ムスケット》は、模造と伝播そのものが、劇的なものであった。

種子島は、鍛冶の多い島だった。そのなかでも名人といわれた八板金兵衛が時堯から命じられて、ためしつすかしつしながら、やがて製作に成功した。このことについては、精密な資料がある。

この時期、★233紀州根来寺《きしゅうねごろでら》の杉之坊津田監物《すぎのぼうつだけんもつ》（名は算長）という者が種子島家に逗留していて、時堯から伝来した一挺をもらい、紀州根来寺にもちかえった。当時、根来寺の門前には工人が多く住んでいたが、そのなかに芝辻清右衛門という鍛冶がいて、製造に成功した。のち根来寺が没落してから、芝辻家は堺に本拠を移し、堺鉄砲鍛冶の中核的な存在になった。

ついでながら、それまでの日本の工学的な諸道具の機能として、

「ねじ」

の思想がなかった。ところが、伝来した鉄砲は、銃身の後部の塞《ふさ》ぎ（尾栓《びせん》）が、ねじこみになっている。種子島の工人八板金兵衛はこれがわからず、伝説では娘をポルトガル人に添わせて、その代償として教えてもらったという。ポルトガル人は、スパナをと

★233 和歌山県岩出市根来にある新義真言宗の総本山。大治五（一一三〇）年、平安時代後期の僧、覚鑁《かくばん》が高野山に開いた大伝法院が始まりとされている。戦国時代には多数の僧兵を擁して大きな勢力を持った。

りだし、ねじをゆるめて、

――こういうものだ。

と、はずしてみせたのであろう。知ってみれば何でもないものなのだが、ねじの思想がない国にあっては、外側から見るだけでは見当のつけようもない。

紀州根来の工人芝辻清右衛門の場合、おそらく杉之坊津田監物を通じ、尾栓が螺子《らし》（ねじ）になっていることは、はじめからわかっていたのかもしれない。

しかし、国友村の場合、すぐにはわからなかったのではあるまいか。

なにしろ、伝来のルートがちがっている。種子島時尭、島津義久、足利義晴、細川晴元という貴族の手から手へわたってゆく経路では、工人が介在しようもない。

当時の国友村で鍛冶の熟練した人としては、善兵衛がいて、藤九左衛門がいた。また兵衛四郎、助太夫などもいたが、尾栓のなぞが解けなかった。あるいは解けていたにせよ、螺子のつくり方がわからなかった。

近江には、多くの例証から、独創者を出す風土があったといえる。

たとえば、近江商人というものがなぜ発生し、興隆したかという由来については、むかしから、菅野《かんの》和太郎博士をはじめ、さまざまな研究者によって考えられてきたが、結局、平凡に考えたほうがいいかもしれない。その一郷で傑出した者が出、成功することによって、一族、一郷がまねをした、ということである。ただ、たえず大小の傑出者が出、独創的なことをはじめねば、近江商人というぜんたいの★234興隆現象が持続しない。つまりは、独創者をおさえつけずに、逆にほめそやす気分が、風土としてあったのであろう。

工人の世界においても、そうだったのではないか。

国友村に次郎助という鍛冶がいた。年の頃はわからないが、若者のような気がする。かれは螺子についてさまざまに想像し、試みに刃の欠けた小刀でもって大根をくりぬき、巻き溝つきのねじ形をとりだし、もう一度大根にねじ入れてみた。これによって雄ねじと雌ねじの理をさとり、老熟者に説明すると、一同、大いに次郎助をほめた。その名が『国友鉄炮記』にとどめられていることからみても、かれの名と功は感歎されつつ伝承したものかとおもえる。そういうことが、いわば風土の要素として入っているのではあるまいか。

小銃は、当時、★235明《みん》にあっては、

「鳥銃」

あるいは鳥嘴《ちょうし》銃とよばれていた。現物がほぼ日本と同時代に伝来しているのだが、十分な関心をあつめなかった。

★234 勢いが盛んになること。

★235 一三六八年～一六四四年。モンゴル族の支配した元朝を打倒して、朱元璋《しゅげんしょう》が創建した王朝。

ひとつには、明にはすでに青銅製の大砲があり、携帯火器である小銃の必要をみとめなかったということもあったかもしれない。

洞富雄氏の『鉄砲伝来とその影響』（校倉書房刊）は、すぐれた研究書である。そのなかに、『大明会典《だいみんえてん》』（明一代の制度をあつめたもの）が引かれていて、嘉靖三十七（一五五八）年に兵仗局において一万挺の鳥嘴銃がつくられた、とある。一五五八年といえば、種子島に鉄砲が伝来してから十五年後で、明がこの兵器にかならずしも鈍感ではなかったことを示す。

ただ、『陣紀』（明の練兵の書）などから想像すると、明製のものはすぐ破裂したような形跡があり、使いものにならなかった。『陣紀』によると、ポルトガル（南夷）の銃もまた、五発、七発と連発すると割れるおそれがある、としている。ただ、日本の銃はそうではない。「惟《ただ》倭銃ハ妨ゲズ」とある。

明が小銃の製造に失敗（?）したとしても、近代以前の中国の技術の優秀さを減点するものではない。

鉄についての観念が異っていた。中国にあっては、鉄といえばふつう鋳鉄《ちゅうてつ》（いものであった。鋳鉄は鉄を湯にして鋳型《いがた》にそそいでつくるのだが、そのためには高熱を得る炉がなければならない。ヨーロッパではそれを可能にする高炉ができるのは十八世紀になってからだが、中国では紀元前後からすでに鋳鉄が存在し、むしろ鉄の多くが鋳鉄だった。鋤《すき》や鍬《くわ》から、矛や刀まで鋳鉄でつくられた。おそらく明の鳥嘴銃という失敗品は、鋳鉄でつくられたものではなかったかと思われる。鋳鉄なら、腔《とう》内での火薬の爆発に耐えられないのにちがいない。

これに対し、日本の製鉄は、鋳物も多少存在したが、古代以来、鍛鉄《たんてつ》★236（練鉄）が圧倒的に主力だった。

従って、種子島の八板金兵衛も、根来・堺の芝辻清右衛門も、また近江の国友の鍛冶たちも、外来の鉄砲を見たとき、「鋳物でつくろう」などという料簡はもたず、鍛鉄から鋼《はがね》をとりだすやり方をした。

種子島にきたポルトガル人たちは、鉄砲そのものを島主に売っただけで、製造法まではつたえなかった。製造については、当時の工人たちの独創で開発されたといっていい。いうまでもなく、刀の場合、造るという動詞は「打つ」である。これに対し、鉄砲の場合は、

「張立《はりた》てる」

という。鉄棒の内部をたてに穿孔して腔（銃・砲身の内部の空洞）をつくるためのドリルなどは、当時存在しない。

このため、シンになる鉄棒を立て置き、そのまわりを薄い鋼の板で巻いてゆき、その

★236 鉄の融点よりも低い半融解状態でつくる鉄のこと。炭素含有量が低い。

間、焼いたり打ったりして、何枚も張りかさね、最後にシンの鉄棒を抜きとる。

この造り方が、国友鍛冶の場合、たんねんで、結果として銃身が強靭であった。南蛮渡来の銃はむろん鍛鉄製だが、鍛造や張立《はりたて》において粗放だったといわれている。また堺の製銃法は国友鍛冶ほど入念ではなかったため、値段も安かったらしい。さらに、戦国末期には、おなじ近江においても、日野郷で製造されるようになった。ここは堺ふうにざっとつくった。当時、

「日野の安鉄砲《やすでっぽう》」

ということばがあったそうである。国友鍛冶のひとびとは、日野の張立のしかたを、

「うどん捲《ま》き」

などとよんでいたという。

さて、話の時間をもとにもどす。

国友鍛冶が、模索のあげく、鉄砲をつくって将軍義晴に献上したものの、にわかには諸方からの注文がなかったか、おもったより需要がすくなかったかと思われる。

このため、国友鉄砲の普及をしてまわる人物がいたはずである。普及については、後世においても、伊吹のもぐさの例がある。室町末期にもそういう智恵が近江には存在し

たとみるのが自然ではなかろうか。

『信長公記《しんちょうこうき》』に、

「橋本一巴《いつぱ》」

という人名が出てくる。同時代の他の記録には出ていない名で、どこのうまれともわからず、その後のこともわからない。『信長公記』のなかでの「上総介殿形儀の事《かずさのすけどのぎょうぎ》」というくだりは有名で、信長の十六、七、八のころのことが書かれている。かれは若者らしい遊びはしなかった。朝夕、馬を稽古し、三月から九月までは水練をした。また足軽どもに竹ヤリのたたきあいをさせ、足軽槍は長いほうが有利だと気づき、軍制を変えたりした。弓の稽古もした。さらには、「橋本一巴を師匠として鉄炮御稽古」というくだりがあり、そこにのみ一巴の名は出てくる。

信長が橋本一巴に鉄砲をならったという年少のころは、まだ天文年間で、鉄砲伝来からほんの数年をへただけにすぎない。戦国における物事の伝播のはやさを思うべきである。

一巴はおそらく尾張《おわり》の織田家に新奇を好む若殿がいるときいてくだったのであろう。案の定、信長が食いつき、みずから鉄砲を練習した。『信長公記』には、信長が稽古をした、ということだけが出ているが、江戸初期の成立である前掲の『国友鉄炮記』では、信長は一巴を通じて、★237江州国友村に「六匁玉《もんめだま》之鉄炮五百挺」を注文した、と出ている。

★237 ごうしゅう＝近江の別称。

しかも、注文の年月日まで出ている。天文十八（一五四九）年七月十八日で、鉄砲伝来からわずか六年後である。信長の機敏さに目をみはらざるをえない。新奇な兵器を多く整え、軍制に鉄砲隊を創立したのは、おそらく信長が最初だったろう。信長は鉄砲隊の用兵も独創した。

若い信長の注文によって国友村は生産の基礎ができ、さらに継続して注文してきたため、大いに繁昌した。北近江の国友村の国主は、はじめは京極家で、ついで浅井《あさい》家だったが、この村は経済的には織田家にむすびついていた。

鉄砲の出現と普及が、戦国の群雄割拠の状態から、歴史を統一にむかわせたということは、たれもが異存がない。

ただ大量の鉄砲による戦法を考えたのが信長であり、その供給をしたのが国友鍛冶であったことを思うと、田園にのこる小村のふしぎさを思わざるをえない。

国友村は、湖の底のようにしずかな村だった。家並はさすがにりっぱで、どの家も伊吹山の霧で洗いつづけているように清らかである。道路に人影が見あたらなかった。

歩くうちに、古い門を構えた屋敷があって、門の横が店舗になっている。店の板壁に木製の看板が打ちつけられていて、

国友村の側溝には火縄銃が描かれている

天文十三年創業
鉄砲火薬商
国友源重郎商店

とあるのをみておどろいた。天文十三年といえば、鉄砲伝来の翌年で、国友村がその製作に成功した年である。事実、そうにはちがいないが、こうも年代のけたが大きいと、なにやらユーモアが感じられた。

むろん世界最古の鉄砲火薬店といっていい。ただ、火縄銃は売っていないのにちがいない。魅きこまれるように店内に入ると、猟銃などというような物騒なものはかざられていなかった。むしろ狩猟用の服や装備品などが目につき、平和なスポーツ衣料店といった印象だった。あとできいたところでは、当主の国友《くにとも》昌三氏は滋賀銀行の常任監査役というから、この店舗は当家の生活のためのものではあるまい。国友家としての先祖への一種の義務感からこういう店舗を出しておられるようにも思われた。ついでながら滋賀県というのは禁猟区の多い県であるために、狩猟人口は多くはない。

客も、店の人もいなかった。

やがて奥から婦人が出てきた。当家の夫人であることがわかったが、その爆《はじ》けるよう

銃をスケッチする須田画伯（国友鍛冶の村にて）

な活発な人柄から、最初の瞬間、この家のお嬢さんかとおもった。

ともかくも、この夫人が、私どもを邸内の資料館へつれて行ってくださった。

資料館へは、小庭を通ってゆかねばならない。庭は寂びの沈みこんだような風趣で、あまりいい庭だから、作り手をきくと、

「伝《でん》ですが」

小堀遠州《こぼりえんしゅう》★238です、ということだった。その名におどろくと、夫人は資料館の扉のかぎをあけながら、

「遠州さんはここからちょっとむこうの人です」

と、いわれた。驚くことはない、というのであろう。そういえば、小堀遠州（一五七九～一六四七）も、近江人である。この近くの長浜市の市域に属する旧小堀村の出身である。いうまでもないが、遠州は近世初頭の大建築家で、秀吉・家康に作事奉行としてつかえ、利休《りきゅう》★239や織部《おりべ》★240のあとの大茶人としても知られる。

資料館には、古い火縄銃や工具などまことに豊富に蔵されていた。古文書のたぐいも多そうであった。夫人のなげきはその古文書類がほとんど整理されていないことで、

「私が整理すればよろしいんですが、なにしろ草むしり大学しか出ておりませんので」

と、笑わず、早口でいわれた。同行した須田画伯が、めずらしく声をたてて笑った。

夫人は、さらに、息子には大学の史学科にゆけといったんですが、といった。

★238 江戸時代前期の大名、茶人。幕府の作事奉行《ぶぎょう》として、二条城や駿府《すんぷ》城、仙洞《せんとう》御所などの重要構造物の建築や造園を手掛ける。

★239 千利休。一五二二年～一五九一年没。室町末期～安土桃山時代の茶の湯の大成者。織田信長や豊臣秀吉の茶頭《さどう》として仕え、天下一の宗匠《そうしょう》とうたわれた。

★240 古田《ふるた》織部。一五四四年～一六一五年没。安土桃山～江戸時代前期の茶人。千利休に学び、その高弟である「利休七哲」の一人に数えられる。将軍徳川秀忠をはじめ、諸大名に茶の湯を伝授した。

（そんなお齢か）

と、おどろくうちに、夫人は息子は卒業しましたが、相手にはなってくれません、といわれた。そのうち、このひとは、東京六大学リーグで鳴らした国友充範《みつのり》投手のお母さんではないかと思い、きいてみるとやはりそうだった。

昭和五十六年の春のリーグ戦では、弱いことで定評があった東大が異常に強かった。早稲田を二試合連続ゼロ敗させ、一時は優勝かと思わせるところまで勝ちすすんで惜敗した。そのときの投手が国友充範選手である。投打ともに活躍したということは、私のように野球知らずの者の記憶にものこっている。

「国友投手は、史学じゃなかったんですか」

「いや、それが、わしは古代史じゃと言うて」

古文書を見てくれない、という。いまはＮＨＫに勤務しておられるらしい。

「しかし、それにしても鉄砲にご縁がありますなあ」

私も、夫人にあおられてつい陽気に言った。リーグ戦の球場で、国友鍛冶の末裔が、先祖の名に恥じず、ボールを投げたり打ったりして、自分の大学を優勝に近づけた。すべて平和な情景であるというのが、えもいえず結構である。

安《あ》土《づち》城趾と琵琶湖

はじめて安土城趾の山にのぼったのは中学生のころで、記憶が一枚の水色の写真のように残っている。山が、ひろがってゆく水のなかにあった。

わずか標高一九九メートルの山ながら、登るのが苦しかった。麓からはことごとく赤ばんだ石段で、苔むした石塁のあいだをさまざまに曲折し、まわりの谷はみな密林だった。頭上にも木がしげり、空はわずかしか見えず、途中、木下隠《このしたがく》れの薄暗い台ごとに、秀吉や家康の屋敷趾とされる場所があった。

「山そのものが、信長公のご墳墓だ」

と、案内してくれた中腹の摠見《そうけん》寺[★241]の若い雲水[★242]がいったのをおぼえている。摠見寺は、信長の法号の摠見院からとられた寺号で、信長の菩提寺になっている。この孤峰ともいうべき山中で、その中腹の寺域にだけ人気《ひとけ》がある。

当時、寺に雲水が何人かいて、そのうちのひとりが、私ども数人の子供をみて、みず

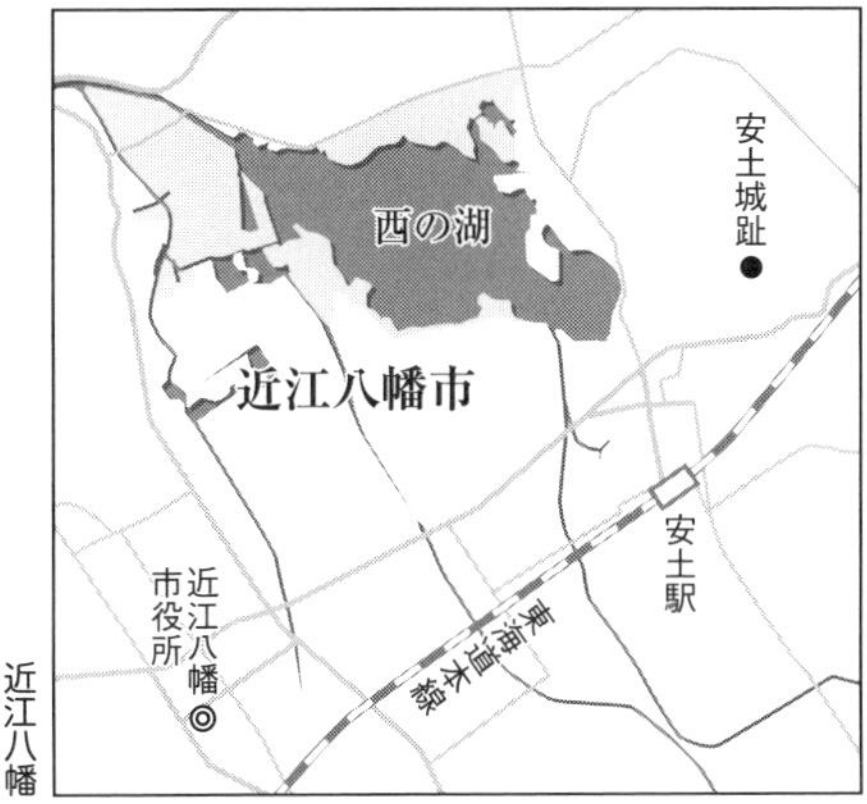

★241 滋賀県近江八幡市にある臨済宗妙心寺派の寺。織田信長が安土城を築く際、それに伴って創建され、織田氏の菩提寺《ぼだいじ》として栄えた。

★242 うんすい＝所を定めず遍歴修行する僧。とくに禅宗の修行僧を指す。

から案内をひきうけてくれたのである。冬だったから、私どもは着こんでいた。しかし雲水は、素足だった。

私はそのころから登りがにがてで、途中、何度か息を入れた。かれは、そのつど、たかだかと声をあげて、

「登れ。のぼると美しいものが見られるぞ」

と、追いたてた。

最高所の天守台趾にまでのぼりつめると、予想しなかったことに、目の前いっぱいに湖がひろがっていた。安土城は、ひろい野のきわまったところにあるため、大手門趾からの感じでは、この山の裏が湖であるなどは、あらかじめ想像していなかった。

古い地図でみると、山というより、岬なのである。琵琶湖の内湖である伊庭内湖《いばないこ》（大中の湖《だいなかのこ》）にむかってつき出ている。この水景のうつくしさが、私の安土城についての基礎的なイメージになった。織田信長という人は、湖と野の境いの山上にいたのである。

こんども、安土城趾の山頂から、淡海《あわうみ》の小波《さざなみ》だつ青さを見るのを楽しみにして登った。

「上に登ると、真下から湖がひろがっていますよ」

と、長谷忠彦氏にも期待させた。登り口の大手門趾付近もむかしに変っていなかったし、山中の石畳、石段、樹林も変っていない。滋賀県は偉大だとおもった。いまの時代、変えようと思えば、うずうずしている土木資本と土木エネルギーをいつでもひきだすこ

とができる。変えずに堪えていることのほうが、政治的にもむずかしいのである。

石段をのぼるつらさは、むかしと変らない。われながら浅ましいほどに大息をついては休息したが、須田画伯は八十歳手前であるのにしなやかな足どりで登り、途中、スケッチをしたりしている。体の出来がちがうのである。

安土城の築城は、突貫工事だった。『信長公記《しんちょうこうき》』に、

昼夜、山も谷も動くばかりに候ヘキ。


と、ある。当時の人夫もつらかったにちがいない。

「山頂では、夕陽が見られるでしょう」

私は、つらい息の下で言った。

が、のぼりつめて天守台趾に立つと、見わたすかぎり赤っぽい陸地になっていて、湖などどこにもなかった。

やられた、とおもった。

あとで、文献によって知ったのだが、安土城趾の上からながめた思わざる陸地は、一三〇〇ヘクタールの大干拓地だそうである。海を干拓するならまだしも、人の生命を養

安土城に登城中の司馬さんと須田画伯

う内陸淡水湖を干拓し水面積を減らしてしまうなど、信じがたいふるまいのようにおもわれた。

もっとも、この干拓は終戦直後の食糧難時代だという有史以来の異常状況のなかで発想された。「緊急食糧増産計画」にもとづいて、昭和二十一年、国営事業としてはじめられたという。食糧についての危機意識が時代をうごかしていたころで、やむをえぬともいえる。それに、当時、土木は爆発的なエネルギーをもっていなかった。すべて人力でおこなわれたから、干拓といってもたいした面積をうずめるという魂胆ではなかった。いわば、浅瀬に土くれをほうりこんだだけの段階だったこの埋立地に対し、国は、昭和三十二年、「特定土地改良事業特別会計」というものを組み、大規模に機械力を投入した。すでに食糧難の時代ではなくなっていたが、農業優位の思想の最後の時代でもあり、耕地をふやすことはいいこととされていた。同時に、土木が、怪物のような機械力を手に入れて、使いたくてうずうずしはじめた最初の時代でもあった。しかし残念なことに、人間の暮らしのための環境論が、政治の場でも、一般のひとびとの間にも、まだ成立していなかった。それらを考えあわせると、昭和三十二年というのは、魔の時期であったといえる。この時期、

「湖沼・河川は、人間のいのちと文化の中心である」

として、だれかが反対しても、一笑に付されたのではあるまいか。

琵琶湖の内湖、小中の湖の干拓地

やがて湖が地面にかわり、入植者が入ったのは、昭和四十一年からである。〝一億総不動産屋〟といわれた土地ブームの時代であり、土地という宝石が誕生したようにひとびとには思われた。

しかし、干拓地としては、もともとむりな土地だった。なにしろ、干拓したとはいえ、湖の水面より干拓地の地面が、中心部において三メートルもひくい。

集中豪雨がふればもとの湖にもどってしまう。また常時、たえず揚水機で陸の水を湖へほうり出していなければならないという地面で、いわば陸地が電力によってやっと存在している。ここに入植した農家は、二百十六戸だった。

しかし皮肉なことに、そのころから、各地で農・山村の過疎化現象がはじまり、農業人口が減りはじめた。なぜ湖を犠牲にしてまで農地を造成しなければならなかったか、〝後世〟であるこんにち、日本の変化のはげしさにぼう然とする思いがある。

日本の農業政策はみなこうだ、という類いのはなしは、各地できかされつづけてきたが、私は農林省★243にも同情している。この省の役人というのはほとんど志士的といっていいほどに農政好きの人が多かったが、経済というえたいの知れぬものに、政治の想像力がついてゆけず、戦後の農政は後手後手にまわった。

ともかく、敗戦直後の絶望的な食糧危機のとき、その事態を切りぬけることが急務だった。急場のなかで、十数年後の日本経済や国民生活が予想できなかったとしても決し

★243 現在の農林水産省。

て恥ではなく、またそういう論議をしているゆとりさえ、当時ゆるされなかった。衣装庫で失火があれば、まず、水や消火剤をぶっかけなければならない。それによって衣装が台なしになるということは、あとの課題なのである。

ただ、火が消えているのに、その後、十何年も水をかけつづけた、というのは、やはり変なのではないか。

琵琶湖に対する行政は、それに似ている。

明治のころ国家百年の大計などということばが、しきりにつかわれたが、戦後三十余年の歴史は経済の根底をくつがえすような変動が相次ぎ、大計どころではなかった。かえって〝国家事業〟などという大計がのさばり出てくると、そのときは正《せい》でも、すぐあとで負になった。琵琶湖は、大中《だいなか》の湖《こ》だけでなく、湖ぜんたいが、その正と負のあいだでふりまわされつづけている。

「そのうち、どぶになる」

というひとさえ出てきた。

昭和二十年代の土木は、人力だった。

人間二人が、一つのもっこ★244に土を入れては、所定の場所まで運ぶという可愛い段階だった。

★244 物を運ぶための用具の一種。縄や竹、蔓《つる》などを網目状に編み、

この時代までの土木は、農業と同様、人間の営みのなかで崇高な分野に属した。古代中国の二大土木といわれている万里の長城や大運河は、これを見る者をして感動せしめる。その巨大さにおどろくのではなく、巨大なものを造った何十万、何百万の人間の労働の集積に感じ入るのである。

そういう土木の偉大さも崇高さも、日本社会が土木機械を手に入れたときから、変った。土木は私どもの国土と暮らしをおびやかす怪物にかわった。むろん、土木がわるいのではない。それを使用する国家や国民に、使用できるだけの哲学が無いか、不足しているということなのである。

琵琶湖の内湖の一つである大中の湖は、もともと水深が二、三メートルという浅い湖沼で、水辺によし（葭）が茂り、どこで陸地がおわるのか、さだかでない水域だった。戦争の末期、このあたりに駐屯していた軍隊がこれに目をつけ、兵隊たちの食糧を補うだけの目的で、内湖にむかって土を投げ入れた。これが、石が坂をころがりはじめるもとになった。

あとは、慣性の法則が働いた。敗戦で、軍隊が解散したあと、ひとびとがそれを継続しようとし、国をひっぱりだし、国営の埋立事業とした。むろん人力の時代だから、規模は知れていた。しかし、人間の世にも慣性がある。琵琶湖をいじくりまわすという政

その四隅に吊《つ》り紐《ひも》をつけ、棒を通して運ぶ。

治も慣性になった。慣性の方角は、

——琵琶湖をつぶす。

というほうにむかっているのではないか。すくなくとも、物理現象でいえば、そうなる。

私は、安土城趾の石段を降りながら、編集部の藤谷宏樹氏をつかまえて、〝社会的慣性〟などというあいまいなことばをつかい、ひょっとすると琵琶湖は埋めたてられてしまうのではないか、といった。

言いつつ、べつなことを思いだした。

昭和四十年前後のことである。知人の土木技師が、じつに無邪気で、しかも情熱をこめた表情でいった。

「生駒山《いこまやま》を除《と》ってしまえたらなあ」

生駒山とは、生駒・葛城《かつらぎ》山脈として、大阪府と奈良県をへだてている山である。拙宅の東方に見える。

「あれは、仕様がない山だよ」

ともいった。

除るべきだ、とかれはいった。

木を植えても土質がわるく、雑木しか育たない。つまり、無益の山である。その上、有害でもある、ともいった。

大阪湾は日が落ちると、風が陸地にむかって吹く。このため大阪市街に立ちのぼっている排気ガスや煤煙《ばいえん》が夜は東へ運ばれ、生駒山という屏風★245にあたって、終夜、河内《かわち》平野に満ちる、という。このことは、ほんとうである。

「衛生上の害ははかり知れない」

だから、あの山を除《と》る。

むろん、座興である。だから、この生駒山有害論には、奈良県民の衛生については配慮されていない。生駒山がなくなると、大阪のスモッグは大和盆地へ行ってしまう。

座興ながらも、この話は、重大な真実を内蔵している。昭和二十、二十一年のころには土木は人力であったものが、昭和三十年代には山をもくずす能力をもったということである。

論者というのは、一挙両得という論法が好きである。かれも、大いそぎで、めでたい結論をもちだした。

「その土で大阪湾を埋立てるのだ」

何のために埋立てるのか、とまでは言わなかった。言わないまでも、この当時まで、「埋立《うめたて》」

というのは、いい響きをもっていた。埋立てて農地をつくる。工場用地をつくる。港

★245 びょうぶ＝室内に立てて風をさえぎり、仕切りや装飾に用いる調度品。

湾をつくる。げんに、謡曲の「高砂《たかさご》の松」で有名な兵庫県の高砂・相生《あいおい》の海岸は、遠浅の海がうめたてられて工場地帯になり、港湾になった。

「埋立」

のひびきのよさは、私どもの先祖からの伝承でもある。たとえば、安土城を築いて天《てん》下人《かびと》になった織田信長も、その最初の資本《もとで》は尾張《おわり》の富であった。かれの父信秀《のぶひで》のころから、伊勢海にむかってしきりに干拓田がひろがっていた、といわれている。この富が、若いころの信長をして、近江《おうみ》国友村に五百挺の鉄砲を注文せしめるという思いきった出費を可能にしたのである。

また、江戸期の毛利《もうり》家もそうであった。戦国期、毛利家は山陽・山陰十余カ国の大領主であったが、関ケ原の敗戦で、いまの山口県（長門《ながと》・周防《すおう》）三十六万九千石にとじこめられた。家臣団の整理をしようとしたが、離脱者がすくなく、当時の当主輝元《てるもと》★246が、もはや大名として成り立たない、として幕府に藩を返上してしまおうとしたことさえあった。

その毛利家が、幕末には、表高《おもてだか》は旧のとおりながら、実高《じつだか》は百万石前後にまでなっていた。

その奇蹟は、瀬戸内海にむかって営々と干拓しつづけたことにあった。さらに毛利家の理財能力のおもしろさは、干拓によって得た収入はこれを無いものと思い、特別会計

★246　一五五三年〜一六二五年没。安土桃山〜江戸時代初期の武将。十五代将軍足利義昭を迎え、織田信長と対立したが、信長の死後は豊臣秀吉と和睦《わぼく》。関ケ原の戦いで西軍につき、減封された。

にして藩主の手もとに現金として積みあげたことである。この利益をこの藩では撫育金《ぶいくきん》とよび、天災など不時のことがあれば民衆を救済することに使うつもりでいた。幸い、それほどの天災がないままに幕末に至った。

幕末における長州藩の活動の資金は、多くはこの撫育金である。京都の工作、小銃や軍艦など洋式兵器の購入、奇兵隊の創設などにつかわれた。言いかえれば、干拓が倒幕資金になった。

干拓とはいいものだ、という歴史上の好印象ができるには、右の例以外にもさまざまな例が存在した。

が、悪例もあった。

悪例のほとんどが、湖沼の干拓だった。

湖沼の場合、厳密には成功例がないにひとしいのではないか。江戸後期、幕府は利根川下流右岸のW字型の沼である印旛沼《いんばぬま》の干拓に手を出した。前後四回も大工事をおこない、結局、中断した。

印旛沼の場合も、大中の湖と同様、豪雨によって湖沼が増水すると、干拓新田がもとの湖にかわってしまう。これを避けるために、排水路を開鑿《かいさく》するというのが、工事の目的だった。幕府は資金難で十分にはこれをおこなえなかった。

しかし、戦後日本が再開した。琵琶湖の大中の湖と同様、昭和二十一年、食糧増産のために国営事業として開始され、排水工事には成功したが、結果は工業用水に使用されることになった。以上は、諸文献による。私自身、印旛沼を実地に見ていないため、それ以上は知らない。

また霞ケ浦の場合、国営事業のためにいたぶられつづけてドブになってしまったという本も読んだし、話もきいた。しかし実際にはそこに行ったことがないために、何ともいえない。

安土城を降りたあと、干拓地の★247圃場《ほじょう》を一巡してみた。

かつての日本の田園は、心なごませてくれたが、いまの近代農業の展開風景はひとびとを安らがせるというようなものではない。この大中の湖干拓圃場は赤ちゃけた工場用の建設用地がはるかにひろがっているといった感じである。ところどころに現場事務所のようにハウスや機械設備の建物が点在している。むろん、情趣というものはない。

かつての田畑は、あらゆる意味で生きものであった。高所から灌水や施肥をして行って、やがてそれらが草におおわれた土の灌漑路を経《へ》めぐってゆくうちに、水は自浄される。それらが湖に流れこんでも、湖をよごすことはなかった。この土木が造成しすぎた圃場の場合、事情はちがう。そこから流れ出る水は、化学肥料をなまにふくんだまま、

★247 はたけ。農園。

近代的な排水路により、いわば樋《とゆ》[★248]をつたうように湖に入ってしまう。農業が、自然環境にとっていわば絶対善に近いものだったのが、いまや工場と同様、化学的なものをそのまま湖に流しつづけるというシステムになってしまっている。大中の湖は、埋めたてられただけでなく、琵琶湖をよごすもとにもなっているのである。

むろん、大中の湖干拓圃場など、琵琶湖の汚染にとってごく小さなもので、最大のものは、生活排水と琵琶湖に対する過剰な土木工事、それに工業廃液である。

「琵琶湖は、このままではどぶになってしまう」

という人が、識者に多い。

たしかに、琵琶湖を巨大な土木エネルギーによっていためつけ、結果として死滅させてしまう計画がかつては存在した。

前知事が立案し、国がみとめたもので、「琵琶湖総合開発事業計画」というものである。昭和四十七年、特別立法として成立し、巨大な予算がついた。

その前知事が昭和五十年に急死した。そのあとをうけた現知事は、これにストップをかけるという主張と思想が県民にむかえられて当選した。

が、国家予算のついた右の計画はのこっている。しかも、工事が一部進行している。たとえば湖南に人工島をつくるというもので、それが完成すれば湖南は水流がとまり、水はどぶになってしまう。

★248 屋根に落ちた雨水を地上や下水道へ排水するために設けられた、溝形あるいは筒状の装置。

現知事は、★249武村正義氏である。琵琶湖についてのこのひとの発言はほぼ読んだつもりでいるが、水をまもるために、よほど苦慮されている。

私はここ十年、水に関係のある刊行物をできるだけ集めてきた。そのなかで、昭和五十七年、緑風出版という所から出た『水戦争——琵琶湖現代史』（池見哲司）という本があり、読んで、琵琶湖の現状と将来がはなはだ暗いことを知った。大中の湖の干拓などの規模ではなく、このままでは琵琶湖の水によって生物として生存している京阪神千数百万人が、将来もなおそこに居住できるだろうかという危惧も感じた。

残念なことに、滋賀県は、右の本について沈黙を守っている。こういう場合、沈黙こそかえって不穏の思いをいだかせる。県としては、右の本に対する環境論的な回答をすべきだと思うし、その方法は、県じたいが著者になって精密な本を出してくれるほかない。

武村知事に私は会ったことはないが、よくやっているという印象はある。たとえば、この人と★250小松左京《こまつさきょう》氏の対談（「琵琶湖と木星の環境学」）を『中央公論』四月号（昭和五十九年）で読んだが、すぐれた環境論者であることがわかる。しかし、この対談でも前掲の本が滋賀県にむかって投げた設問についての答えがなく、私の不安は消えない。

右の対談で、武村さんは、いう。

★249 たけむら・まさよし＝一九三四年〜。政治家。昭和四十九（一九七四）年に滋賀県知事に当選。その後、平成五（一九九三）年に「新党さきがけ」を結成して代表となり、官房長官や大蔵《おおくら》大臣などの要職を歴任する。

★250 一九三一年〜二〇一一年没。作家。長編SF小説『日本沈没』がミリオンセラーとなり、第二十七回日本推理作家協会賞を受賞する。代表作に『日本アパッ

琵琶湖は閉鎖性水系ですから、水が全部入れ替わるのに十九年以上かかる、一度汚したら元に戻すのに十九年以上かかるわけです。

しかし、日夜、琵琶湖は汚されつづけている。あるいは、県のレベルをこえて琵琶湖の保全についての国民運動が起こらねばどうにもならぬ問題なのかもしれない。

ケケス

拙宅のとなりに、微生物学者が住んでいる。

もう五十半ばになってしまったが、このひとが医学生だったころから知っている。二十五、六年前、たまに国電のなかなどで遭うと、容赦会釈なしに細菌の話をあびせかけてくる若者だった。大学院生のころ、やはり国電のなかで出遭って、いかがです、と近況を問うと、もう細菌の話になった。細菌を電子顕微鏡で見るために、一ぴきずつ、ガ

チ族』『果《はて》しなき流れの果に』など。

ラス片で輪切りにしている、という。電車が駅に入ったとき、ほっとした。

このひとが検査科の医師になったとき、病院の研究室を訪ねると、まるくて扁平な宝石箱のような容器をとり出してきて、

「いかがです」

と、見せてくれた。そのころ、東京でめったにない伝染病の患者が出た。この人はさっそく私費で飛んでゆき、頼みこんで、その人の糞を頂戴して帰ったんだという。私が拝見したのは糞そのものではなく、そこから取りだして培養した菌のほうだった。が、ヤンマを捕った少年のようにうれしそうだった。

夫人のほうは、私の家内と女学校以来の友達である。彼女も、少女の初々しさを保っていて、忙しい家事のなかで、わずかな閑を見つけては、野山へゆき、野の花を見にゆく。私のこの「近江《おうみ》散歩」のすこし前、彼女は琵琶湖の内湖のひとつである西の湖へゆき、水の中のよしを見てきた。

「舟よ」

と、彼女はそのときの写真を見せてくれた。土地の老人が棹をもって、葭《よし》の原をわけている。彼女はその田舟のようなものに乗せてもらったのである。

近江路を歩いているとき、ふとそのことを思いだし、タクシーの運転手さんに場所を

きいてみた。この初老の運転手さんは土地の人だったが、意外にも知らなかった。

「なにも、こう存じませいで」

恐縮しつつ、無線で営業所にきいてくれた。場所は近江八幡《おうみはちまん》市の北東の郊外だという。北《きた》ノ庄《しよう》という在所で、西の湖に面している。

地図でみると、そのあたりの地形がおもしろい。

かつては、湖畔の能登《のと》川や、安土《あづち》、さらには近江八幡あたりにかけて、琵琶湖が大きく入江をなし、大小いくつかの内湖を形成していた。北からいうと、伊庭《いば》内湖、大中《だいなか》の湖《こ》、安土内湖、それに西の湖であった。大中の湖をのぞく右の三つの内湖は、あわせて小中《しようなか》の湖《こ》とよばれたりもしていた。

その内湖のほとんどが、埋められた。なかでもまったく陸地になってしまったのが、大中の湖と安土内湖である。伊庭内湖はほんのわずかのこされている。

西の湖の場合、一部埋立が進行しつつあるものの、あらかたは残されているようで、隣家の夫人はその残された水と葭のなかを田舟で分けて行ったらしい。

私どもはそこをめざした。やがて赤茶けた干拓地に入った。その荒涼とした光景に、私はつい「満洲」東部の松花江《スンガリー》の冬の野を思いだした。そのあたりは狩猟民族だった女《じよ》★251真《しん》族の故地で、人煙がとぼしく、土地は痩せ、粛殺としていた。女真族は、ついに中国

★251 中国の東北地方東部に居住するツングース系民族。十二世紀初めに金を建国した。

本部のような豊かな人文を生まなかった。

松花江流域の女真族が文化を生まなかったのも、寒地であったことと、水系がすくなく荒蕪《こうぶ》★252の地だったからにちがいない。

近江は、ちがっている。戦国のころから一カ国で八十万石の米がとれたといわれ、六十余州のなかでももっとも富んだ地であった。中国人は、こういう温暖で湖沼にめぐまれた地のことを「天府《てんぷ》」といった。浙江《せっこう》省と江蘇《こうそ》省のことがそうで、この両者が稔《みの》れば天下の食糧が足りた、とさえいわれた。日本でいえば、近江こそその天府ということばにふさわしい国だったろう。

この国をゆたかにしてきたのは、琵琶湖である。それをうずめて干拓するというのは、

——さらに農地を。

という、人間の欲深さから出ている。農地を、というのが表むきの名分《めいぶん》にすぎないことは、こんにち誰もが知っている。実際には、

——さらに土木を。

ということである。

日本では昭和三十年代から農業人口が減りつづけている。一方、土木人口がふえつづけ、ついに農業人口を凌駕《りょうが》した。

★252 土地が荒れて、雑草の茂るがままになっていること。

文明のありかたとして、おそらく一時的ではあろうが、病的というほかない。
ヨーロッパの場合、ローマの時代から、道路や橋梁、あるいは都市建設がおこなわれて、二千年もかけて緩慢に土木が施されてきた。しかし日本の場合は、昭和三十年代から、国土を切り刻むようにして急速に施された。このため土木人口は急速に膨脹し、ここ二十年、さかんに稼動しつづけたが、さすがにいまではかつてほどの仕事がない。しかし一時の食いすぎで図体が大きくなった猛獣が、つねに腹を空かせて餌をもとめ歩いているような印象をうける。この猛獣の餌としての琵琶湖であっては、どうにもなるまい。

干拓地に入ると、荒れた色彩の造成地面に、コンクリートのりっぱな自動車用の道路が通っている。そのことが荒涼という印象をいっそうつよくした。しかも道路の両側は壁で縁《ふち》どられている。過剰土木で亡んだ秦の始皇帝は車輛用道路を四通八達させたが、その形式は甬道《ようどう》だった。道の両側を土塀で縁どった道路のことを当時、甬道といった。琵琶湖の干拓原をつらぬいている道路も、ごく一部ながら甬道である。車が、葭の生えた浅瀬に飛びこまないようにという配慮もあるだろうが、主たる理由は、大雨がふって湖の水位があがったときに道路が湖の水面下にならないための防ぎとして施されているもので、干拓地がいかに低いかがわかる。そこまでして、琵琶湖をさわる必要があるのかと思ってしまう。

やがて三叉路に出た。右にゆけば近江八幡市街で、左へとれば8号線に出るという標識が出ている。さらには、

「舟のり場」

という看板も立っていた。湖の側の道路わきには、銹《さ》びたトタンぶきの倉庫、物置のたぐいのものが点々とし、地面にビニールの切れっぱしや朽ちた無用の柵、コンクリートの電柱といったものが立ちならんでいて、日本という国の汚れを象徴していた。

近江の湖畔は、かつて代表的なほどに美しい田園だった。日本は重要なものを、あるいは失ってしまったのかもしれない。

というより、まだ獲得していない、といったほうが、私どもへの励ましになるかもしれない。土地所有についての私権が、明治憲法でも保証されていたし、新憲法でもその点、変らない。そのことは大いに結構なのだが、その土地所有権の基本に、矛盾観念ながら、本来、国土は公《おおやけ》のものであるという古代以来の思想が重ねあわされていてこそ健康な法であるといえる。その健康さが、住民の思想としてまだ再獲得されていない、と考えたほうが、将来への希望がある。

ただ、滋賀県では、他の府県とはちがい、一歩前進はしている。

ことし（昭和五十九年）の三月十四日、この県は、琵琶湖の全域についての景観を守る条例案を発表した。総延長二百数十キロにおよぶ琵琶湖岸全体の風景を、自然と調和のとれたものにするためのもので、同月十五日付の『朝日新聞』（大阪）によると、

湖の水辺から五十～三百メートル内の陸地で行う建築、開発工事には、知事が指導、助言でき、これ以外の地域でも、高層建造物については届け出を義務付けている。

と、ある。さらに、

景観を見直す動きはここ数年、全国的に広がり、大都市を中心に条例化が進められているが、いずれも沿道や、緑化など一部地域に限られ、滋賀県ほど広い地域を対象にしたものは「全国でも初めて」（環境庁）……。

と、いう。また右の記事によると、この条例によって、建築物の新築、増改築、外観の模様替え、木竹の伐採をする時は、知事に届け出ることを義務付けられる、となっている。

琵琶湖を清掃する人々

ただ、条例の実施については、むずかしさがある、という指摘も記事につけ加えられている。私権の制限、表現の自由の侵害につながる恐れがある、というのである。ただし、罰則規定はなく「知事の指導・助言」を無視してもいわばかまわない。罰則はないながら、この条例は、環境を守ることについての滋賀県民の共通の考え方を確認しあうという思想的なものとして受けとってよく、大きな前進といっていい。

北ノ庄の右の道路は、ずいぶんかさあげされている。路傍からさがったところに、隠れるようにして古い★253掘割《ほりわり》が流れている。

やがては西の湖に入ってゆく掘割で、豊臣政権のころに掘られたものだという。

天正十三（一五八五）年、秀吉は血縁の★254秀次《ひでつぐ》を近江二十万石に封《ほう》じ、近江八幡の湖畔の八幡山（鶴翼山《かくよくざん》）に築城させた。築城にあたっては主人をうしなった安土城の城郭の一部を移し、さらには城下町形成のために町割《まちわり》し、安土城下の町民を移住させた。そのとき、湖に通ずる外堀が掘られた。

それが、八幡堀とよばれるこの堀である。近江八幡城は築城後十年で廃城になったが、この外堀だけは在所の暮らしの中に生きている。よしを刈りにゆく人も、また内湖の洲《す》のなかにある田を耕やしにゆく人も、この八幡堀から舟で出かける。江戸期は、本湖（外湖）から三百石積みの船がこの堀に入ったといわれている。

★253 地面を掘って作られた水路。

★254 豊臣秀次。一五六八年～一五九五年没。豊臣秀吉の甥《おい》にあたり、秀吉の長男の死後に養子となった。しかし秀吉に次男の秀頼が誕生すると不仲になり、高野山に追放されて自刃する。

当時、

「細江《ほそえ》」

というい いことばでよばれた。

いわば、近江八幡という旧城下町にとって歴史的象徴というべき堀だが、ただ堀の両岸は美しいとはいえない。土崩れをふせぐために竹木《ちくぼく》を植えればいいと思うのだが、手っとり早くコンクリート固めされている。私どもの文明は、コンクリート病にかかっているのである。

「舟のり場」へは、あらかじめ連絡しておいたので、人と舟が待っていてくれた。

近江八幡の北ノ庄は、よしずやすだれの製造で知られている。私どもを舟にのせてくれる福永武氏は、古くからすだれを製造してきた家の当主である。

「ゴルフよりよろしいんです」

と、福永さんはいった。船頭さんのなかには会社を定年になっている人もいれば、農業や軽工業をやっている人もいる。健康法であるとともに、こういうかたちで琵琶湖の自然を守っているのだ、ということを、福永さんはへさきに立ちながら言った。

よしのはえた水面をわけてゆくという遊びは、むかしからあったそうである。

「大阪や京都の親類の者がきたときには、弁当を舟に積んで一日、水の上であそびます」

が、いまはそういう風習もない。

福永さんが、棹で片側の岸を突き、次いでべつの岸を突いた。そのつど舟が左右にへさきを振る。

「四年前に仲間があつまって組合をつくったんです。ほんの最近ですよ」

むかしは、こういう舟あそびを「舟ゆき」といったそうである。福永さんによると、豊臣秀次も「舟ゆき」をして遊んだという。

私どもの舟は、屋形になっている。ガラス障子まではまっているが、造作《ぞうさく》が素人めかしいのがいい。

堀がながながとつづく。やがて岸が、土になった。ところどころに灌木や柳のたぐいが自生している。よしは、まだ、見えない。

「このあたりは、よく時代劇のロケにつかわれるんです」

エキストラには、このあたりの人が使われる。舟もそのまま使う。船頭さんも、服装を変えてまげをつけるだけで、劇中の人になってしまう。手なれたものだそうだ。

「よしとあしとは同じものですか」

と、きいてみた。この問題は、容易ではなさそうである。漢字においても、よしとあしはおなじで、葦、蘆、葭などは、あしと訓《よ》んでもよく、よしとよんでもいい。

『広辞苑』第三版の「あし」の項には、

水郷めぐりをする司馬さん一行

イネ科の多年草。各地の水辺に自生。世界で最も分布の広い植物。

とある。また、同辞典の「よし」の項では、

「あし（葦）」に同じ。

と、あって、〝アシの音が「悪（あ）し」に通じるのを忌《い》んで「善し」にちなんで呼んだもの〟とされている。平凡社の『世界大百科事典』でも同様で、その「よし」の項に、

アシの名もあり、古くはハマオギともいわれた。

とある。

ところが、代々琵琶湖のよしを採ってすだれをつくってきた福永さんは、同じものではありませんん、という。温厚な人だから、断定はせず、世間では同じものだとしていますし、といった。むかしも「豊葦原《とよあしはら》の瑞穂《みずほ》の国」などといってあしをもってよしをもふ

くめていました、と、同一物説をみとめつつ、

「しかし、この辺では区別しています。よしは、節《ふし》と節のあいだが空《から》になっていて軽いのです。あしは、つまっています」

あしの茎の中につまっているのは綿毛状のものだ、と福永さんは言い添えた。

「あしの茎に綿毛がつまっていて、よしの茎は空っぽだということから、このあたりでは、あの人は腹に一物《いちもつ》ある人だという場合、あの人はあしだから、と言うんです」

そこまで聞かされると、両者はちがうのだ、と思わざるをえない。

さらに、福永さんはいう。

「われわれは、あしは使いません。よしだけをつかいます」

われわれ、というのは、近江八幡のすだれ業者のことである。近江はむかしから材料や商品の選別にぬきん出てうるさい土地だったから、よし・あしのうち、よしのみを使うときいて、響きのきれいな印象をうけた。

「すると、あしは、使いみちがないのですか」

「あれは、草屋《くさや》の屋根につかいます」

「このあたりに生えているのは、あしですか、よしですか」

「よしです」

しかしいまは中国からの輸入すだれに押されて、近江八幡のすだれ生産も衰えてきた、

水辺によしが茂る西の湖

と福永さんはいう。

細江が、なおつづいている。

やがて、左岸に造成地があらわれた。というより、進行中の造成地で、さかんにクレーンが動いている。

「私らの子供のころ、軍隊がさかんに土を運んでいました」

「福永さんは、何年うまれですか」

「昭和六年です」

齢よりも老《ふ》けている感じだった。

左岸が造成地ながら、右岸はよしの原という水路に出た。よしは冬枯れで茶色っぽいながら、

「冬のよしもいいでしょう」

と、福永さんはいってくれた。とくに冬のよしに風が吹くと、かさかさと乾いた音が流れてゆく。それがいい、と福永さんがいった。

「季節によって、よしに吹く風の音がちがうんです。晩春から夏にかけては、葉ずれの音が重くなって、ざわざわという感じにきこえます」

私どもは、枯れよしの幕に舟の右舷をこするようにして進んでゆく。枯色のよしの原にも、その根もとのところどころに一抱えずつの青い草むらが点在している。葉や茎の

つややかさが、カヤツリ草に似ていた。

「あれは、スゲです」

スゲは種類によっては、雨の日のみのになる、という。べつの種類は晴れた日のためのスゲ笠になる。私どもの先祖は、おそらく古代からごく最近まで、この草の世話になってきた。

「つまり晴雨両用ですな」

福永さんは、うまいことを言う。

「この辺では、スゲで草履をつくったんです」

スゲ草履というのは、きいたことがない。

「わら草履の代用品ですか」

「いや、わら草履は、晴れた日にはいいんですが、濡れると気持がわるいでしょう。スゲの草履は水を弾《はじ》きますから、泥の中に入るときにいいんです。田植えのときなどはとくに……」

私どもは、露路から露路へゆくように、せまい水路をすすんでゆく。私が魚について質問すると、福永さんは、

「このせまい水路は、鮒《ふな》などの通りみちなんです」

と、友達のことをいうように答えてくれた。

やがて、五百坪ほどのまるい水面に出た。水面のまるさをつくっているのは、その縁に茂るよしの原であった。一面の枯よしに陽がななめにあたって、金色《こんじき》の原に出たような思いがした。

さらに進むと、よしの堵列《とれつ》がつくっているせまい水路に入りこんでしまう。

「ヨシキリはいますか」

よしの中に棲む雀かウグイスほどの大きさの小鳥のことである。冬は南方に移っているために、この季節には姿を見ることができない。

「いますよ」

福永さんは、ヨシキリも愛していた。この小鳥は、ふつう、俳句では行々子《ぎょうぎょうし》などともよんで、初夏の季語になっている。ヨシキリの声が「ぎょぎょし」ときこえるから行々子というのだそうだが、福永さんは、

「このへんでは、ケケスときこえるんです。ケケスは、変なやつで」

という。水路を舟でゆくと、人声をききつけて、啼きながら仔犬のようにつけてくるのだそうである。

カラスやトンビは人を警戒する。だから人が通る水路には、そういう乱暴な鳥が近づいて来ないことをケケスは知っていて、むしろ人が通る水路のよしの中に棲んで虫を食ったり巣をつくったりする、という。人の声がすると追ってくるというのは親近感のあ

ヨシキリ（行々子）

らわれなのか、領域《テリトリー》の主張なのかよくわからないが、すくなくともケケスにとって、人間は自分たちをトンビから守ってくれる大型動物だとおもっていることはたしからしい。

浜の真砂《まさご》

冬のよしの色は、一茎《ひとくき》だとただの枯葉色である。それが水面に群生して壁をなすとき、色が色面になる。その色面に夕陽が射すとき、金色に見える。

「雪がどっさり降ったときは、すばらしい景色ですよ」

棹を櫓《ろ》に代えた福永さんがいった。

一面の枯草色のなかで、萱《かや》だけが青いとおもったが、ほかにもあった。水草の布袋葵《ほていあおい》★255が、照るような緑色で、うかんでいる。

「このへんでは、ほてい草《そう》といっています」

福永さんがいう。布袋葵の葉は平凡だが、葉の柄《え》がかわっていて、布袋さんの腹のよ

★255 ミズアオイ科の水生の多年草。夏になると葉の間から十五〜三十センチほどの花茎を出し、淡紫色の花をつける。

うにまるくふくらんでいる。うきの用をするのである。

　またひろい水面に出た。そこは淡水真珠の養殖場だった。そのむこうは、くらげなす洲《す》である。城壁のようによしの黄土色の色面の帯がながながとつづいて、じつに美しい。

「洲《す》といいますか、このへんでは島といっていますけど、このあたり十幾つあります。洲ごとに集落《むら》が一つあって、むらとむらのあいだは、水路をつたって舟で往来《ゆきき》するんです」

　福永さんが、いう。

「洲の上のむらはみなすばらしいむらですよ。事件なし、人情よし。駐在さんがひまでこまるんです」

「福永さんという苗字は、この辺に多いんですか」

「むかし、尾張《おわり》からきたときいています」

　近江八幡《おうみはちまん》という町の成立が、天正十三（一五八五）年、豊臣秀次《ひでつぐ》の築城からだということはすでにふれた。秀吉は秀次を補佐する家臣として★256山内一豊《やまのうちかずとよ》（一五四六〜一六〇五）を抜擢し、近江長浜で二万石を領させた。一豊は、父の代まで尾張の黒田という在所を領して没落した家の出で、尾張人である。かれは家来をふやすにあたって、四散していた尾張の一族や旧臣をあつめた。福永さんも、

「一豊さんがよんだからこの土地にきた、ということです」

★256 戦国〜江戸時代前期の武将、大名。織田信長、豊臣秀吉に仕えたが、関ケ原の戦いでは徳川家康に味方する。戦後、土佐国二十万石を与えられ、高知城を築いた。

という。一豊自身は、その後転々とした。★257遠州掛川《えんしゅうかけがわ》城主になり、さらには★258土佐一国に封《ほう》ぜられる。福永さんのご先祖は、いくさがいやになったのか、それともこの地に愛情ができたのか、そのまま近江の水郷に土着した、という。

「カイツブリがいませんね」

よく知られるように、この水鳥の古典な名称は、鳰《にお》（にほ）である。

水にくぐるのが上手な上に、水面にうかんだまま眠ったりもする。本来、水辺の民だった日本人は、鳰が大好きだった。鳰が眠っているのをみて「鳰の浮寝《うきね》」などといい、またよしのあいだにつくる巣を見て「鳰の浮巣《うきす》」などとよび、わが身のよるべなき境涯にたとえたりしてきた。

琵琶湖には、とりわけ鳰が多かった。

「鳰の海」

とは、琵琶湖の別称である。「淡海《おうみ》のうみ」という歴史的正称はべつとして、雅称としては「鳰の海」のほうが歌や文章のなかで頻用されてきたような気がする。

「いつもは、よく見かけるんですけどね」

福永さんはそう言ってから、

「郵便局と一緒で、今日は休んでるんじゃないですか」

と、いった。とたんに編集部の藤谷宏樹氏が笑ったが、私は茫《ぼう》っとしていた。藤谷氏

★257 現在の静岡県中西部。城下町は東海道に沿う宿場町として発達し、また商業も栄えた。

★258 現在の高知県。

琵琶湖の鳰

が気の毒がって、

「今日は土曜日だからです」

と、教えてくれた。このところ、郵便局が第二土曜日に休むようになっている。福永さんがそのことにひっかけているのです、と藤谷氏が丹念に教えてくれてから、私は大笑いした。

福永さんは、ゆるやかに櫓をこいでゆく。

「ウグイスは四月です。ヨシキリは五月というふうに、季節がきまっているんです」

「鳰は年じゅうですか」

「あれは年じゅうです」

といっても、俳句では鳰そのものは冬の季題になっている。もっとも、芭蕉《ばしょう》が近江でつくった鳰の句は、梅雨のころである。

五月雨《さみだれ》に鳰の浮巣を見にゆかむ

この句では初夏のものとして鳰が登場する。鳰は夏、よし・あしの茂みの中に巣を営む。句に「鳰の浮巣」が入れば季題としても初夏に入りこむらしい。琵琶湖とその湖畔を、文学史上、たれよりも愛したかに思われる芭蕉は、しばしば水面のよしの原を舟で分け入った。この場合、五月雨で水かさの増した湖で、鳰たちが浮巣をどのようにしているか、そのことに長高《たけ》い滑稽さを感じてこの句をつくったようである。

鳰というのは、あっというまに水面から消える。

かくれけり師走の海のかいつぶり

とも、芭蕉は詠んだ。また山々にかこまれた春の琵琶湖の大観を一句におさめたものとしては、

四方より花吹入《ふきいれ》て鳰の海

というあでやかな作品も残している。

琵琶湖には、いまなお鮎が住んでいる。滋賀県知事武村正義氏の編著である『水と人間』(第一法規刊)のなかで、氏が岡部伊都子氏★259と対談している。武村氏は、決して楽観しているわけではないが「まだ鮎がたくさんびわ湖でとれている間はいいんだそうですね」というと、京都に住んで琵琶湖の鮎を魚屋さんで買う側の岡部さんは、買ってきた鮎を「さて焼こうと思って見ると、鮎の背中にかさぶたみたいな盛り上がりがあるんで

★259 おかべ・いつこ＝一九二三年〜二〇〇八年没。随筆家。日常生活の中にあふれる美を繊細な筆致で描き、人気を得る。また一方で反戦や沖縄問題といった、

す」と語っている。

琵琶湖の鮎は、むかしから小さいとされて、とくにその小型の鮎のことはむかし「氷魚《ひお》」とよばれていた。琵琶湖から流れ出る瀬田《せた》川の田上《たなかみ》（大津市）の急流などでは、古代から網代《あじろ》とよばれる仕掛けをして氷魚を捕った。平安朝のころは、「田上御網代《みあじろ》」とよばれ、漁師たちは京の御所の内膳司に所属し、とれた氷魚を供御《くご》として貢上することになっていた。

芭蕉はそのあたりの膳所《ぜぜ》に住んで（元禄二年、膳所で越年）いて、その氷魚のいわれも、その味もことさら好んだらしい。

あられせば網代の氷魚《ひを》を煮て出さん

霰《あられ》の降る寒い日は網代で捕った新鮮な氷魚を煮てもてなしをしよう、という。芭蕉が愛した琵琶湖の氷魚は、むろん岡部さんをおびやかしたような奇形魚体ではない。

福永さんは、櫓をゆるゆると動かして、よしの群生する水面に舟をちかづけ「舟ゆきのとき、自分たちはこのあたりで弁当をつかいます」といった。

「よしのそばの水はそのまま飲めるんです。旨いですよ」


戦争や差別に関わる問題にも目を向けた。代表作に『おむすびの味』など。

と、いった。

私は飲食物に勇気のあるほうではない。試みに莫蓙《ござ》の上の湯のみ茶碗をとって、汲んでみた。ながめてみると、澄んでいる。おそれながら飲むと、じつにうまかった。煎茶にしてもうまいだろうとおもった。

「よしが、水をきれいにしてくれるんです」

よし・あしにつよい浄化能力があることは書物によって知っていたが、福永さんたちは体験として知っている。

「しかし、二月のはじめごろになると飲めませんよ」

(公害のことかな)

と思ったが、そうではない。

「二月はじめのことをわれわれは寒明《かんあ》けと言っています。節分です。そのころ〝水が腐る〟とこのへんでは言います。水温があがってプランクトンがわくわけです。それが、においます」

土木学会編の『日本の土木地理』(森北出版刊)に「琵琶湖・淀川流域の特徴」というくだりがある。そこに高橋浩一郎氏による「日本の季節区分」という表が出ていて、「春のはじめ」という項目がある。二月十五日頃である。

南風が吹き、気温が上昇する。これより高・低気圧が周期的に通る。

そのころ、琵琶湖にプランクトンがわき、土地の生態用語でいえば〝水が腐る〟のである。冬のあいだ、水底に静止していた魚類が〝水が腐る〟とともに水面近くに浮きあがってきて、湖は活況を呈することになる。

「よしは自然の濾過《ろか》装置ですよ」

と、福永さんはくりかえした。

「琵琶湖総合開発計画がはじまってから、よしが除かれてしまって、その時分から琵琶湖の水がよごれはじめましたし、赤潮も発生するようになりました。ちかごろでは、大学でもよしを見直すようになって、こういう現場でセミナーをするようになりました」

琵琶湖は過剰土木でもってさわるべきでない、というのが、いまではおおかたの識者の考え方になっている。

が、政治家田中角栄氏[★260]で象徴される土建万能時代のころは、信じがたいほどの計画が存在した。前記『水戦争』の年表によると、昭和四十年十一月、建設省は自然湖である琵琶湖のまん中に人工湖であるダムを建設するという計画を発表したのである。さすがに地元の滋賀県が反対した。三年後の四十三年七月、建設省は「湖中ダム案」を撤回した。ところが土建でいじろうという基本思想まで撤回されたわけではなく、もっと大が

★260 たなか・かくえい＝一九一八年～一九九三年没。昭和二十二（一九四七）年に衆議院議員に当選、以後大蔵大臣や郵政大臣などの要職を歴任し、昭和四十七（一九七二）年に内閣総理大臣に就任する。

かりにやろうという考え方が、県（野崎欣一郎知事）を中心に盛りあがってきて、さまざまな計画や〝策定〟がおこなわれた。

昭和四十七年は、日本じゅうが、土建万能の絶頂期であったといっていい。たとえば、その年の四月に滋賀県は浜大津に人工島をつくる、と発表した。六月には田中角栄氏の『日本列島改造論』が出版され、七月になると田中角栄内閣が成立した。

この間、沿岸で土地ころがしなどが暗流し、昭和四十九年十月、地元の土建資本による〝金脈問題〟が表面化し、社会党県本部はこのことにかかわった委員長ら三役を除名した。

大変な時代だった。

そのあと、八日市の市長だった武村正義氏が琵琶湖を守る、という公約をかかげて知事選に立ち、当選した。再選されたときは保革七党が相乗りで推した。いまは、三期目である。終始、琵琶湖を救うという旗じるしをかかげつづけている。

琵琶湖の内も外も、騒然としている。

近江は明治維新まではゆたかな先進地帯だったが、明治後、滋賀県という名に変ってからさほどの近代産業をもたず、下流の京阪神に人材を提供するだけの県になった。それでも、よき田園県だった。

琵琶湖大橋建設のための埋立工事（一九六三年頃）

県政の姿勢が変化してきたのは、昭和三十年代の高度成長期からである、下流の工業的繁栄をみて、そこに渦巻いている金を上流に吸いあげようという意識が県政に出はじめた。そのとき、琵琶湖こそ金になる、という思想がうまれた。

下流に千三百万人が住んでいる。かれらは琵琶湖の水によって生きている。

「琵琶湖のおかげじゃないか」

滋賀県政が、京阪神に対して高姿勢になりはじめたのはそのころからである。

交渉される側の京阪神も、どういう計算からか、新たに毎秒四〇トンの水を供給せよ（それならば応分の金を出す）という数字を出した。毎秒四〇トンを供給するというのが「大義名分」になった以上、琵琶湖を自然の湖であるままにしておくわけにはゆかず、単なる水がめとして仕立て直し、コンクリート固めにしてダム化してしまう必要がある。

あらゆる土建計画は、この名分を主題として出発した。琵琶湖をどぶ化する方向へ押しやったのは野崎県政といわれているし、事実そうだったが、野崎県政だけの孤独な「悪」とはいえない。異様だったあの時期の時代的気分と京阪神の身勝手な要求をも考えあわせる必要がある。

アメリカでは「水洗便所こそ野蛮の象徴である」という運動が起こっている。たとえば、四〇億の人間が全部水洗便所を使うことになったら、世界中の水資源はとても足らない。

というのは『水』（東京大学公開講座・東大出版会刊）のなかで、「水資源」という章に書かれている工学部の高橋裕教授の文章の一部である。

同教授は、都市は節水すべきだという。東京大学は東京都二十三区のなかで、水使用量が第二位（第一位は東京ガスの豊洲工場）だったという。昭和四十三年の水道料金改定で、大学の財政を水道料金が圧迫するようになった。大学では節水につとめた。その例として、工学部二号館の一カ所の漏水を止めただけで、年間数百万円浮いた、という。

都市は、水を浪費している。

家庭での妥当な使用量は一日一五〇リットルぐらいのもので、あとは少々ぜいたくではないか、と同教授は言う。例としては車洗いについてふれている。

水道料金が値上げになると、大騒ぎをするが、自分の自動車をカー・ウォッシュで洗っていて、そこで何百円か払うのにはそれほどの抵抗を感じない、というのは、矛盾している。

カー・ウォッシュは、アメリカではやっているが、ヨーロッパではやらない。車を洗うときには雑巾のようなもので、拭いている。ヨーロッパの家庭の婦人が日本人の家庭生活を見ておどろくことの一つは、日本の主婦が電気洗濯機を使うときのゆすぎ水の多さである。

琵琶湖にはじめて赤潮★261が発生したのは、昭和五十二年五月であった。その後、毎年四月下旬か五月上旬になると発生したが、昭和五十五年は、やや遅れて五月二十四日に発生した。この日、当時の首相大平正芳氏★262が琵琶湖の汚染状況を視察するために船上にあった。「びわ湖大橋をくぐって、北湖にでてまもなく、眼前赤茶けた湖面がとびこんできた」（武村正義『水と人間』）という劇的な発生の仕方だった。大平首相のショックは大きかったらしい。

赤潮の原因は、湖水の富栄養化にあることは、当時、新聞その他で書かれてきたために、県民のたれもが知っていた。富栄養化の原因の一つがリンであり、各家庭用の合成洗剤にあるということも、ほとんどのひとびとの知識にあった。

滋賀県民のえらさは、まず住民運動のレベルで、合成洗剤を追放し粉石けんを使うということをやったことである。この世論の上に立って、武村知事が通称〝びわこ条例〟とよばれるものをつくり、リンを含む家庭用合成洗剤の使用や販売を禁止した。この間、日本石鹼洗剤工業会による条例阻止のはげしいキャンペーンがあったそうだが、県議会は昭和五十四年十月に成立させた。

★261 海水中のプランクトンが水面近くで異常に増殖したり集積したりすることで、海水が変色して見える現象。

★262 おおひら・まさよし＝一九一〇年〜一九八〇年没。政治家。大蔵省に入省。池田勇人《はやと》大蔵大臣の秘書官となり、政界入りする。昭和二十七（一九五二）年に衆議院議員選挙に当選し、外務大臣や大蔵大臣などの要職を務め、昭和五十三（一九七八）年に内閣総理大臣就任。しかし在任中に急死した。

びわ湖を訪れたポーランドの調査団に「それこそ愛国運動ですよ」といわれて私はハッとした。（武村正義『水と人間』）

武村知事は、一九八三年十一月二十六日の『朝日新聞』（大阪）の「新人国記」の欄によるとバイコロジー論者とされている。この点、政治家としてはもっともこんにち的な資質をそなえているというべきだが、しかし残念なことに、どのようにして土木エネルギーという現代の怪物というべきものを御《ぎょ》するかという点については、右の本では触れられていない。

前知事が残して行った「琵琶湖総合開発特別措置法」というばけものは、形をわずかに変えただけで、県庁の上をなお覆っている。

この「総合開発」を阻止するために、昭和五十一年以来、政党色のない市民運動がつづいてきている。訴訟にももちこんだ。同年三月のことである。原告団千百八十六人が「琵琶湖環境権」というあたらしい法思想を軸とする訴訟を大津裁判所におこした。民法七〇九条「不法行為責任」に基づく民事訴訟だが、こういう訴訟が、国と県がきめて予算のついている計画を阻止できるかどうかとなると、まず、弱い希望しかもちようがない。

すでに工事は、南湖においてすすんでいる。土木エネルギーが、武村正義という、滋賀県がもちうる最良の知事をもってしても、統御しがたいものであるのかと思うと、暗い気持をもたざるをえない。

私たちの滋賀県は、びわ湖の悲鳴に真剣に耳を傾けようとしている。びわ湖の水を、もうこれ以上汚さない、できれば少しでももとの碧い湖をとりもどすためにと、行動を起こそうとしている。それは試行錯誤の続く道であることも知っている。(『水と人間』)

これは市民運動側の文章ではなく、知事の文章である。こういうすばらしい文章を書く人が琵琶湖の守り手であるというただ一点に、希望をつなぐしかない。

舟が、もどりはじめた。

どこかの山寺から日没偈《にちもつげ》★263でもきこえてきそうな夕暮である。

琵琶湖の水蒸気と、湖をとりかこむ山々のせいか、夕陽は神戸の一ノ谷に落ちるほどには赤くないが、それでも淡々《あわあわ》と絹につつまれたようにものやわらかい。やがて湖水の漣《さざなみ》の陰翳が濃くなった。

★263 日没の時刻に唱えられる経文。

帰り舟のなかで、

「浜の真砂《まさご》が尽くるとも」

という不安がたえずあった。古歌などに、決して尽きることがないという安堵の上に立った表現として浜の真砂がよくつかわれる。私事ながら、私の小学校以来の古い友人が、先年なくなったが、謡曲が好きで、「関寺小町」のそのくだりをよく謡っていた。「近江の湖《うみ》のさざ波や、浜の真砂は尽くるとも、浜の真砂は尽くるとも、詠む言《こと》の葉はよも尽きじ」。

よも尽きじ、といっても、たとえば鳰の海がすきだった芭蕉などの言の葉だけが尽きずにのこったところで、なにもならない。真砂の尽きる世にならぬよう祈らざるをえない。

琵琶湖

［本文写真、図版　提供先一覧］

東近江市役所（15ページ）
国立国会図書館（17、35、50、61、128ページ）
中山道広重美術館（46ページ）
東京大学史料編纂所所蔵模写（56、82、84、94、99、121、123、131ページ）
滋賀大学経済学部附属史料館（73ページ）
長興寺（100ページ）
ＰＩＸＴＡ（104、155ページ）
長浜城歴史博物館（132ページ）
とくに記載のないものは、朝日新聞社および朝日新聞出版

連載・週刊朝日……………一九八四年一月二十日号〜四月二十日号
単行本……………………一九八四年十一月　朝日新聞社刊
ワイド版…………………二〇〇五年一月　朝日新聞社刊
文庫版……………………一九八八年十二月　朝日新聞社刊
新装文庫版………………二〇〇九年一月　朝日新聞出版刊

［校訂・表記等について］

1. 地名、地方自治体、団体等の名称は、原則として単行本刊行時のままとし、適宜、本書刊行時の名称を付記した。

2. 振り仮名については、編集部の判断に基づき、著作権者の承認を経て、追加ないし削除した新装文庫版に準じた。

司馬遼太郎（しば・りょうたろう）
一九二三年、大阪府生まれ。大阪外事専門学校（現・大阪大学外国語学部）蒙古科卒業。六〇年、『梟の城』で直木賞受賞。七五年、芸術院恩賜賞受賞。九三年、文化勲章受章。九六年、逝去。
主な作品に『燃えよ剣』、『竜馬がゆく』、『国盗り物語』（菊池寛賞）、『世に棲む日日』（吉川英治文学賞）、『花神』、『坂の上の雲』、『翔ぶが如く』、『空海の風景』、『胡蝶の夢』、『ひとびとの跫音』（読売文学賞）、『韃靼疾風録』（大佛次郎賞）、『この国のかたち』、『対談集　東と西』、『草原の記』、『対談集　日本人への遺言』、『鼎談　時代の風音』、『街道をゆく』シリーズなどがある。

司《し》馬《ば》遼太郎《りょうたろう》『街道《かいどう》をゆく』
近江散歩《おうみさんぽ》
〈用語《ようご》解説《かいせつ》・詳細《しょうさい》地図《ちず》付《つ》き〉

二〇一六年二月二十八日　第一刷発行

著　者　司馬遼太郎
発行者　首藤由之
発行所　朝日新聞出版
〒一〇四-八〇一一　東京都中央区築地五-三-二
電話　〇三-五五四一-八八三二（編集）
〇三-五五四〇-七七九三（販売）
印刷製本　凸版印刷株式会社
© 2016 Yōkō Uemura
Published in Japan by Asahi Shimbun Publications Inc.
ISBN978-4-02-251350-2
定価はカバーに表示してあります
落丁・乱丁の場合は弊社業務部（電話〇三-五五四〇-七八〇〇）へご連絡ください。
送料弊社負担にてお取り替えいたします。

「司馬遼太郎記念館」のご案内

司馬遼太郎記念館は自宅と隣接地に建てられた安藤忠雄氏設計の建物で構成されている。広さは、約2300平方メートル。2001年11月に開館した。

数々の作品が生まれた自宅の書斎、四季の変化を見せる雑木林風の自宅の庭、高さ11メートル、地下1階から地上2階までの三層吹き抜けの壁面に、資料本や自著本など2万余冊が収納されている大書架、……などから一人の作家の精神を感じ取っていただく構成になっている。展示中心の見る記念館というより、感じる記念館ということを意図した。この空間で、わずかでもいい、ゆとりの時間をもっていただき、来館者ご自身が思い思いにしばし考える時間をもっていただきたい、という願いを込めている。　（館長　上村洋行）

利用案内

所 在 地　大阪府東大阪市下小阪3丁目11番18号　〒577-0803
T E L　06-6726-3860、06-6726-3859（友の会）
H P　http://www.shibazaidan.or.jp
開館時間　10:00〜17:00（入館受付は16:30まで）
休 館 日　毎週月曜日（祝日・振替休日の場合は翌日が休館）
特別資料整理期間（9/1〜10）、年末・年始（12/28〜1/4）
※その他臨時に休館することがあります。

入館料

	一　般	団　体
大人	500円	400円
高・中学生	300円	240円
小学生	200円	160円

※団体は20名以上
※障害者手帳を持参の方は無料

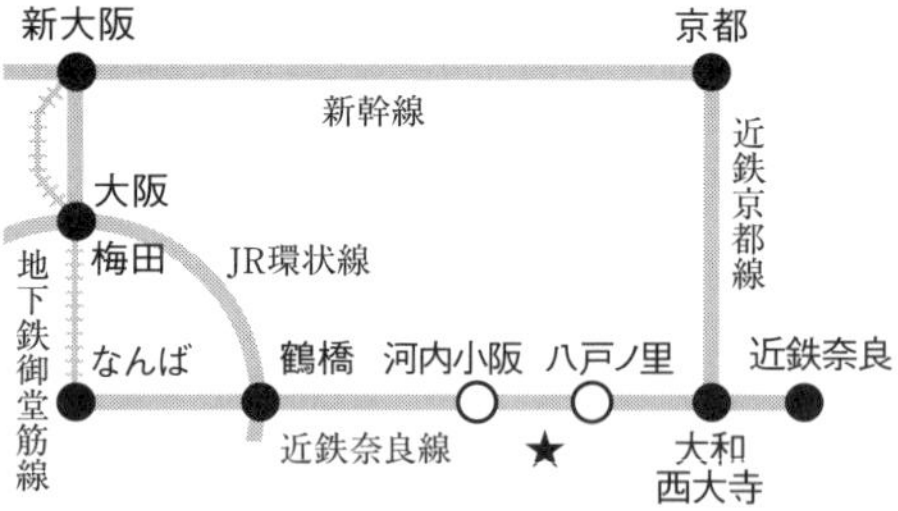

アクセス　近鉄奈良線「河内小阪駅」下車、徒歩12分。「八戸ノ里駅」下車、徒歩8分。
Ⓟ5台　大型バスは近くに無料一時駐車場あり。但し事前にご連絡ください。

記念館友の会　ご案内

友の会は司馬作品を愛し、記念館を支えてくださる会員の皆さんとのコミュニケーションの場です。会員になると、会誌「遼」（年4回発行）をお届けします。また、講演会、交流会、ツアーなど、館の行事に会員価格で参加できるなどの特典があります。

年会費　一般会員3000円　サポート会員1万円　企業サポート会員5万円
お申し込み、お問い合わせは友の会事務局まで
TEL 06-6726-3859　FAX 06-6726-3856